PAPIER FRESSERCHEN
MTM-VERLAG
DIE BÜCHER MIT DEM DRACHEN

Impressum:

Alle weiteren Personen und Handlungen des Buches sind frei erfunden.
Ähnlichkeiten mit lebenden oder verstorbenen Personen sind
zufällig und nicht beabsichtigt.

Besuchen Sie uns im Internet:
www.papierfresserchen.de

Mühlstraße 10, D- 88085 Langenargen
info@papierfresserchen.de

Erstauflage 2021

Cover gestaltet mit Bildern von
© DanIce (Katze) und © kopecky76 (Flügel) – Adobe Stock lizenziert

Bearbeitung: Martina Meier MA
Lektorat: CAT creativ – www.cat-creativ.at
Druck: Bookpress / Polen

ISBN: 978-3-96074-382-8 - Taschenbuch

Auf der Suche nach

Zaubermaus

Band 4

Ingo Schorler

Prolog

Da stand ich nun ganz alleine. Ohne Zaubermaus erschien mir die Welt trist und öd. Ich hatte ihre Entführer in der Hütte besiegt, aber Zaubermaus war, so schwach sie war, einfach entschwunden. Das gleißende Licht hatte sie einfach ohne ein weiteres Wort davongetragen.

Nun stand ich, Paul, hier – mit ihrem Zettel in der Hand.

Hab Geduld, Paul, du wirst eine Zeit alleine sein. Tu nur das, was du für richtig hältst. Hilf denen, die deine Hilfe brauchen, und überlege genau, was du tust.

Eine Prüfung für mich? Ich wusste es auch nach dem x-ten Lesen noch immer nicht. Wem sollte ich helfen? Und vor allen Dingen – wo? Aber ich würde sie finden, ich wollte nicht ohne Zaubermaus leben. Außerdem hatte ich ihr ein Versprechen gegeben. Also machte ich mich alleine auf den Weg ...

Doch auch nach Wochen hatte ich noch keine Spur von Zaubermaus gefunden. Es schien, als habe sie sich wirklich in Luft aufgelöst. Jegliche Bemühung, sie zu finden, war im Sande verlaufen. Ich hatte sogar mit meinem Vater und dem Katzengott Kontakt aufgenommen, aber auch sie konnten mir das plötzliche Verschwinden meiner Gefährtin nicht erklären. So blieb mir nichts anderes übrig, als weiter durch die Welt zu streifen.

Bald merkte ich, dass etwas vor sich ging. Irgendetwas hatte sich verändert. Erst waren es nur Kleinigkeiten, die mir auffielen, doch dann wurde es mehr und mehr deutlich, dass jeder Mensch nur noch sich selbst im Sinn hatte. Der Egoismus hatte mehr und mehr um sich gegriffen, jeder war sich plötzlich selbst nur noch der Nächste. Ich fand keine Erklärung für dieses Verhalten der Menschen.

Ob Zaubermaus' Weggang etwas damit zu tun hatte?

Ich grübelte lange darüber nach, lag mache Nacht wach, weil ich keine Antworten auf meine vielen Fragen fand. Was konnte ich tun, um eine Veränderung herbeizuführen. Ich spürte, dass eine große Aufgabe vor mir lag, doch noch ahnte ich nicht, wie sie aussehen würde.

Bis zu jenem Tag, als nachts eine leise Stimme zu mir sprach: „Paul, hör auf dein Herz, du musst Zaubermaus suchen, sie zählt auf dich!"

Ich war verwirrt, schaute mich um, sah aber niemanden. Und so rief ich verzweifelt: „Wer bist du und wo bist du?"

„Ich bin dein Gewissen, Paul."

Ich musste lächeln. Eine Stimme, die mir sagte, sie sei mein Gewissen. Genial.

Doch dann hörte ich die Stimme wieder: „Paul, hast du denn alles verlernt, was Zaubermaus dir beigebracht hat? All die Aufträge, die ihr zwei gemeinsam gemeistert habt? Alles vergessen? Das glaube ich dir nicht! Du musst Zaubermaus suchen. Das ist deine Aufgabe."

„Nein, das habe ich nichts vergessen von alledem, was wir zusammen durchgemacht haben", antwortete ich.

Mehr konnte ich nicht mehr sagen, denn es wurde plötzlich windig und eine riesige Windhose nahm direkt Kurs auf mich. Was sollte ich tun? Wegrennen?

Das ging nicht mehr, dazu war es bereits zu spät. Doch bevor ich überhaupt noch weiter nachdenken konnte, erfasste mich dieser Wind und trug mich mit sich fort.

Ich wurde ganz schön durcheinandergewirbelt, doch als ich mich wieder besann, stand ich mitten in einer märchenhaften Stadt. Die kleinen Häuser hatten goldene Dächer und jedes einen eigenen zauberhaften Garten. Ich konnte kaum glauben, was ich da sah.

Aber ich wusste: Mein nächstes Abenteuer stand mir unmittelbar bevor. Ja, und vielleicht würde ich hier auch Zaubermaus finden ...

Doch ob das alles wirklich so einfach war? Auf jeden Fall war es ratsam, für alles gerüstet zu sein und so ging ich auf alles gefasst und zu jedem Abenteuer bereit in die Welt hinaus ...

1

Ich betrachtete die goldene Stadt eingehend. Alles war so klein und niedlich und da niemand zu sehen war, gestattete ich mir einen Blick in eines der Häuser. Hier war ein Tisch reichlich gedeckt und da ich Hunger verspürte, setzte ich mich und langte ordentlich zu. Nach diesem köstlichen Mahl war ich müde und legte mich in eines der kleinen Betten, die sehr gemütlich aussahen. Schon bald war ich eingeschlafen und schnarchte leise vor mich hin.

Als ich erwachte, stellte ich fest, dass ich gefesselt war. Wie konnte das sein in so einer märchenhaften Umgebung? Doch dann sah ich vier Ratten auf mich zukommen, die anscheinend Mitleid mit mir hatten, denn sie bissen meine Fesseln einfach durch.

Ich hörte, wie eine Ratte rief: „Los, kommen, wir helfen dir!“ Ohne zu widersprechen oder eine Gegenfrage zu stellen, folgte ich den Ratten, denn mein Gewissen hatte wieder einmal zu mir gesprochen: „Paul, folge den Ratten. Du kannst ihnen vertrauen, denn du bist vor langer Zeit auch eine Ratte.“

Dann bot mir eine der Ratten eine Pille an, die ich schlucken sollte. Ich schaute sie mit großen Augen an. „Die musst du nehmen, damit wir unsichtbar an den Wachen, die es überall hier im Reich gibt, vorbeikommen.“

Also tat ich, wie mir geheißen und merkte sogleich, dass mir schwindelig wurde. Als ich an mir heruntersah, stellte ich fest, dass ich nun ebenfalls den Körper einer Ratte hatte. Das gefiel mir nicht so ganz, aber was sollte ich machen.

Plötzlich hörte ich eine leise Stimme wispern: „Ich bin die Windhosen-Königin. Du wirst mir nicht entkommen!“

Ich erschrak, doch die Ratten ließen sich nicht beirren. Sie fanden bald darauf einen Ausgang, durch den wir dieses Land verlassen konnte und ich hörte noch, wie sich das Wispern der Königin zu einem grollenden Sturm erhob, als sie bemerkte, dass wir ihr entkommen waren. Solch einen Wind hatte ich wirklich noch nicht erlebt.

Wir landeten schließlich sanft auf einer riesigen Wiese und ich dachte, nun etwas Zeit zum Entspannen zu haben, da lachten plötzlich die anderen Ratten auf, was ich gar nicht lustig fand, denn ich wusste ja nicht, was ihre Heiterkeit hervorgerufen hatte. Ich wurde böse und rief: „Hört endlich auf, zu lachen. Ich bin euch zwar dankbar, dass ihr mir geholfen habt, aber das ist noch lange kein Grund, mich auszulachen."

„Wir lachen dich nicht aus", sagte eine der Ratten. „Wir freuen uns nur, dass du nun Hörner und Flügel hast. Jetzt wissen wir nämlich, wer dich geschickt hat und dass du tatsächlich derjenige bist, der uns angekündigt wurde. Ach ja, und bevor ich es vergesse: Ich bin Jon und die anderen drei heißen Mau, Amüsant und Tollpatsch!"

Jon verbeugte sich galant. „Und du bist Paul und auf der Suche nach Zaubermaus. Stimmt's?"

Ich nickte nur und Jon fuhr fort: „Gut, dann haben wir das schon mal geklärt. Wir können dir zwar nicht sagen, wo Zaubermaus ist, aber wir können dir sagen, wohin du jetzt erst einmal gehen musst!"

„Und wohin muss ich?", erwiderte ich.

„Du musst in die Zwischenwelt gehen, dorthin, wo Gut und Böse aufeinandertreffen. Dort wird man dir verschiedene Aufgaben stellen, die du alle lösen musst. Bei diesen Prüfungen musst du jedes Mal aufs Neue entscheiden, was gut und was böse ist. Sieh es als Aufgabe an, die du auf jeden Fall lösen musst, wenn du Zaubermaus je wiedersehen willst. Aber pass auf: Manchmal scheinen die Dinge auf den zweiten Blick anders zu sein, als man zunächst denkt. Und manchmal sind Dinge, die man verzweifelt sucht, so nahe, dass man sie greifen könnte, wenn man nur sein Herz statt der Augen auf sie richten würde. Lass dich nicht täuschen und sei immer auf der Hut. Nicht jeder ist der, der er vorgibt, zu sein und nicht jeder vermeintliche Freund ist wirklich ein Freund. Außerdem wird dir mancher Feind näher stehen, als du denkst. Und noch eines geben wir dir mit auf den Weg: Schau dich nie um, ganz egal, was hinter dir auch passiert. Hilf den Menschen, die dich brauchen. Mehr können wir dir an dieser Stelle nicht sagen."

Jon und die anderen drei Ratten klopften mir aufmunternd auf die Schulter. Dann sagte er noch: „Paul, nun geh durch diese Tür da und passt gut auf dich auf."

Ich verabschiedete mich rasch, denn ich wollte keine Zeit verlieren. Je schneller ich in dieser Zwischenwelt, von der Jon gesprochen hatte, ankam, desto eher würde ich meine liebe Zaubermaus wieder in die Arme schließen können.

Also öffnete ich die Tür und wurde regelrecht durch sie hindurchgezogen. Ich wollte mich noch festhalten, doch der Sog packte mich einfach und zog mich – wenig galant – kopfüber in mein nächstes Abenteuer.

2

Kopfüber landete ich dann auch auf einer bunten Blumenwiese und musste mir erst einmal meinen Kopf reiben – die schmerzende Stelle würde sicherlich eine dicke Beule geben!

Doch kaum hatte ich mich besonnen, wo ich war, stand schon ein großer, weißer Hund vor mir und schleckte mir durchs Gesicht. Igittigitt! So was Ekeliges! Und überhaupt, wie konnte es ein dahergelaufener Köter einfach so wagen, dem Sohn des Teufels persönlich durch das Gesicht zu lecken?

Doch ehe ich mich versah, sprach der Hund zu mir: „Ich bin Gibsi. Was suchst du hier in mein Paradies?"

Nachdem ich mich einmal ordentlich geschüttelt hatte, antwortete ich: „Ich bin Paul und suche meine Freundin Zaubermaus, die vor einiger Zeit einfach so verschwunden ist. Ich kann sie nirgendwo finden und habe mich auf die Suche begeben. Hast du sie vielleicht gesehen oder von ihr gehört?"

Gibsi schaute Paul mit seinen blauen Augen an und sagte: „Oje, das tut mir leid für dich. Ich habe leider nichts von Zaubermaus gesehen und gehört. Weißt du denn schon, wo du anfangen willst, sie zu suchen?"

„Ich muss in die Zwischenwelt, das wurde mir gesagt. Dort muss ich verschiedene Aufgaben lösen. Eigentlich dachte ich schon, ich wäre bereits an meinem Ziel. Aber so wie es aussieht, hat meine Reise gerade erst begonnen."

„Ja, das glaube ich auch", bemerkte Gibsi und schmunzelte dabei. „Hüpf auf meinen Rücken, dann machen wir uns auf dem Weg, deine Zaubermaus zu suchen. Ich werde dich begleiten, denn ich kenne den Weg in das Reich, das du suchst." Gibsi räusperte sich kurz. „Und auf diesem Weg kann man einen treuen Freund an seiner Seite gebrauchen. Ich werde dir beistehen und dich begleiten, so wie es ein treuer Hund eben tut."

Ich schaute Gibsi von oben bis unten genau an, überlegte einen Moment und beschloss dann, ihm zu vertrauen. Wollte ich weiterkommen, so musste ich jemandem vertrauen ... und das tat ich.

Da rief Gibsi auch schon: „Nun mach endlich, spring auf meinen Rücken, damit wir von hier wegkommen."

Ich krallte mich in seinem dichten Pelz fest, denn man wusste ja nie, wie turbulent so ein Ritt auf einem Hunderücken werden konnte! Gleich darauf rannte er in einem solchen Affentempo los, dass mir wirklich ein wenig übel wurde.

3

Kaum waren Gibsi und ich in dem neuen Land angekommen, geschah etwas Unglaubliches, denn der Hund löste sich einfach so in Luft auf. Direkt vor meinen Augen.

„Was nun?", frage ich mich gerade, als ich ein lautes Donnern hörte und Blitze am Horizont erkennen konnte, aus denen sich nach und nach eine zierliche junge Frau löste. Sie war blond und hatte ein goldbraunes Gewand an. Als sie näher kam, fragte ich sie nach ihrem Namen und nach dem Ort, an dem ich mich befand.

Eine leise, melodiöse Stimme antwortete: „Nicht so viele Fragen auf einmal, Paul."

Woher kannte die Frau meinen Namen? Ich war erstaunt und sagte vielleicht ein wenig zu laut: „Woher weißt du, wer ich bin."

Wieder ertönte ihre leise Stimme: „Du musst nicht so laut brüllen, ich höre dich ganz gut! Woher ich deinen Namen kenne, verrate ich nicht. Aber da ich weiß, wer du bist, werde ich dir nun auch meinen Namen verraten. Ich bin das Licht der Weisheit."

Langsam wurde es mir zu bunt. Konnte sie nicht einfach auf meine Fragen antworten? „Und wo bin ich hier? Und warum hat sich der Hund Gibsi einfach so in Luft aufgelöst?" Kaum hatte ich diese Worte ausgesprochen, bemerkte ich, wie auch das Licht der Weisheit nach und nach unscheinbarer wurde und sich langsam auflöste.

„Vielleicht sollte ich ein bisschen freundlicher sein", ging es mir durch den Kopf, also sagte ich: „Okay, fangen wir noch einmal von vorne an. Ich bin Paul und weiß überhaupt nicht, wo ich hier mit Gipsi, dem Hund, der mich begleitet hat und plötzlich verschwunden ist, befinde. Bitte hilf mir doch weiter."

Das Licht der Weisheit war nun wieder gut zu sehen und ich erkannte, dass es lächelte.

„Ich heiß Simca, das Licht der Weisheit, und du befindest dich in meinem Land, im Land der Weisheit. Bitte komm mit, ich zeig dir mein Reich."

Ich folgte Simca und war beeindruckt von dem Anblick, der sich mir bot. Überall waren wundervolle Blumen zu sehen, Tiere liefen voller Zufriedenheit herum und eines war schöner als das andere. Alle wirkten glücklich und es sah aus, als ob alle Tierarten in Harmonie miteinander leben würden.

„Wir dürfen nur nicht zu lange an einem Ort bleiben", mahnte Simca mich mehrmals.

Auf meine Frage, warum wir nicht länger an einem Ort bleiben durften, bekam ich jedoch keine Antwort, sondern nur ein Achselzucken. Das wunderte mich, aber ich dachte mir, dass sie sicherlich ihre Gründe dafür haben würde.

Nachdem wir eine ganze Weile gegangen waren und Simca mir viele weitere Orte gezeigt hatte, kamen wir an einen Teich, der fast magisch wirkte.

Doch was war das? Ich blieb stehen, weil ich in der Ferne ein lebloses Tier hatte liegen sehen. Simca schien das jedoch gar nicht zu interessieren. Oder hatte sie das Lebewesen nicht bemerkt? Das konnte ich mir allerdings nicht vorstellen, denn es war recht groß und nicht zu übersehen. Mich hatte die Neugier gepackt und so ging ich zielstrebig auf das Wesen zu.

Als ich näher kam, sah ich, dass es ein weißer Löwe war, der hier sein Leben aushauchte. Ich wollte ihm helfen, streichelte ihn und fragte leise, ob ich ihm helfen könne. Ich hatte nämlich bemerkt, dass er noch atmete und auch sein Herz hatte ich schlagen hören. Der Löwe öffnete seine Augen leicht und betrachtete mich eine Weile schweigsam. Dann flüsterte er: „Du kannst mir nicht mehr helfen, meine Zeit ist gekommen. Aber pass auf dich auf. Wenn du zu lange im Land der Weisheit verweilst, wirst du ihr Gefangener sein." Mit seinen Augen deutete er Richtung Simca, die mir gefolgt war und nun ein wenig abseits von uns stand. Es schien sie nicht zu interessieren, was ich mit dem Löwen zu besprechen hatte.

„Du wirst auf Gedeih und Verderb ihr Gefangener sein, so wie auch ich viele Jahr hier in ihrer unfreiwilligen Gefolgschaft stand. Du wirst dieses Land nicht mehr verlassen können, wenn du zu lange bleibst." Der Löwe machte eine kurze Pause. Er war schwach, sehr schwach, das merkte man ihm bei jedem seiner Worte an.

Als er sich erholt hatte, sprach er weiter: „Bitte nimm dich vor Simca in acht. Sie wirkt nur auf den ersten Blick freundlich, in Wirklichkeit aber ist sie die Ausgeburt des Bösen. Paul, du musst schnell hier weg. Ich will dir dabei helfen." Wieder machte der weiße Löwe eine kurze Pause.

Dann fuhr er fort: „Greif hinter mein linkes Ohr. Da habe ich einen goldenen Schlüssel versteckt, der dich aus dem Land bringen wird. Doch pass auf, nicht alles, was du auf deinem Weg sehen wirst, ist echt." Noch einmal blinzelte der weiße Löwe mir zu, dann hauchte er sein Leben aus.

Ich schloss seine toten Augen und griff dabei, sodass es zufällig wirkte, an sein Ohr ... und tatsächlich fand ich dort den goldenen Schlüssel, den ich sofort an mich nah. Mein Blick auf Simca zeigte mir, dass sie von alledem nichts mitbekommen hatte. Das war auch gut so, denn wer wusste schon, was sie sonst mit mir angestellt hätte.

Als ich wieder bei ihr war, berichtete ich ihr vom Tod des Löwen, doch das interessierte sie rein gar nicht. Stattdessen sagte sie: „Hatte ich dir nicht gesagt, dass wir uns nicht so lange an einem Ort aufhalten sollen?" Ihre Augen funkelten und sie wirkte nun gar nicht mehr so nett und freundlich wie am Anfang.

Mir kamen die Worte des Löwen in den Sinn und ich war froh, dass ich ihn getroffen und den goldenen Schlüssel an mich genommen hatte.

Und genau auf den schien es Simca abgesehen zu haben. Denn wenig später konnte ich ein Gespräch belauschen, das sie mit einem kleinen Mann führte, der eine tiefe Narbe im Gesicht trug, die vom linken Augen bis zum rechten Mundwinkel einmal quer über seine Nase verlief.

Wir waren inzwischen in Simcas Haus, in das sie mich eingeladen hatte, angekommen und ich hatte mich ein wenig in das Zimmer, das sie mir angeboten hatte, zurückgezogen. Zumindest offiziell, denn insgeheim war ich natürlich mehr als neugierig. Und so schlich ich mich, als alle glaubten, ich würde ruhen, auf leisen Sohlen zu dem Zimmer, in dem Simca sich mit ihrem auffälligen Besucher, den wir beim Betreten ihres Hauses an der Tür getroffen hatten, aufhielt. Die beiden, das konnte ich sofort vernehmen, stritten laut, sie fühlten sich wohl sicher, dass ich nichts mitbekommen würde.

Der komische Typ fragte: „Simca, hast du den goldenen Schlüssel gefunden?"

„Der weiße Löwe ist tot, ich konnte die Sache erledigen. Aber den Schlüssel trug er nicht bei sich", antwortete sie.

„War noch jemand bei ihm?", wollte der Mann nun wissen.

„Nein ... oder doch. Ja, dieser Paul, den du vorhin gesehen hast, der hat sich noch mit ihm unterhalten, bevor das Gift, das ich dem weißen Löwen heute Mittag verabreicht habe, richtig gewirkt hat. Meinst du ...?"

„Simca!" Narbengesicht war aufgebracht und schrie jetzt fast. „Wer, wenn nicht er, kann den Schlüssel haben. Überlegt doch mal ... wir haben den weißen Löwen Tag und Nacht beschattet und in den letzten Wochen hatte er zu niemandem mehr Kontakt. Wenn du den Schlüssel nicht gefunden hast, muss er ihn entweder versteckt haben oder er hat ihn an diese Witzfigur, die du vorhin mitgebracht hast, weitergegeben. Du weißt, dass dieser Paul uns auf keinen Fall verlassen darf, wenn er den goldenen Schlüssel hat. Zu groß wäre die Gefahr, dass wir auffliegen. Und dann wäre wirklich alles umsonst gewesen ..."

Was bildetet sich Narbenface eigentlich ein? Ich war stinksauer über das, was ich gehört hatte. Wie konnte er mich eine Witzfigur nennen! Unverschämtheit. Ich hörte den beiden noch eine Weile zu, doch jetzt sprachen sie über Nichtigkeiten wie das bevorstehende Dinner mit einem befreundeten Herrscher und über das Wetter. Narbengesicht verabschiedete sich dann auch bald und ich traute mich aus meinem Versteck. Was soll ich sagen ... natürlich war ich immer noch wütend, aber ich durfte mir ja nicht anmerken lassen, dass ich gelauscht hatte. So sagte ich erst einmal nichts.

Musste ich auch nicht, denn Simca sprach das Thema gleich an, als sie mich sah. „Paul, rück den goldenen Schlüssel raus, den du diesem weißen Löwen gestohlen hast!“

Ich tat so, als wüsste ich von nichts, antwortete nur betont überrascht: „Ich hab nichts gefunden!“

Was ja auch stimmte ... gefunden hatte ich den Schlüssel nicht. „Und ich weiß auch gar nicht, wovon du sprichst.“

Das war gelogen, aber das würde ich Simca sicherlich nicht auf die Nase binden!

Wütend schaute mich das Licht der Weisheit an, sagte aber nichts. So nutzte ich die Gunst der Stunde und fragte sie nach dem weißen Löwen. Doch auch darüber wollte Simca offensichtlich nicht sprechen. Sie schaute mich nun aber so eindringlich an, als wolle sie mich hypnotisieren, was ihr auch zum Teil gelang. Ich spürte, wie ich bewegungslos wurde, nur mein Geist funktionierte noch. Simca tastete mich überall ab, aber natürlich konnte sie den goldenen Schlüssel nicht finden. Den bewahrte ich nämlich an einer ziemlich düsteren Stelle meines kleinen Körpers auf, doch wo genau, möchte ich euch lieber nicht verraten ...

4

Nachdem sich Simca davon überzeugt hatte – haha –, dass ich nicht im Besitz des goldenen Schlüssels war, ließ sie mich auf mein Zimmer bringen, wo ich quasi mehrere Tage gefangen gehalten wurde. Das Licht der Weisheit war wirklich nicht so nett, wie ich am Anfang gedacht hatte. Ich musste also zusehen, dass ich schleunigst von hier wegkam und wusste nur noch nicht, wie mir das gelingen sollte. Natürlich hatte ich den goldenen Schlüssel schon an meiner eigenen Zimmertür ausprobiert, doch es war mir nicht gelungen, sie damit zu öffnen. Er hatte sicherlich nur eine ganz besondere Funktion.

Als ich eines Morgens wieder einmal darüber grübelte, wie mir die Flucht gelingen könnte, sah ich plötzlich vier alte Bekannte vor mir stehen. Sie waren wie aus dem Nichts aufgetaucht!

Als sie sahen, wie erstaunt ich war, lachte Jon, der wohl der Wortführer der vier Ratten war: „Wir kommen überall rein!"

„Ich freue mich wirklich, euch zu sehen", antwortete ich und erzählte ihnen von den Dingen, die sich seit unserem letzten Treffen ereignet hatten.

Sie nickten nur und Jon sagte: „Wir kennen Simca schon lange und wissen, wie böse sie ist. Nichtsdestotrotz musst du hier raus und da kann uns nur einer helfen." Jon schaute zur Decke und genau in diesem Moment breitete sich ein bestialischer Gestank in meinem Zimmer aus.

Tollpatsch rief sogleich: „Wer von euch Ferkeln hat hier einen fahren lassen?"

Jon lachte nun noch lauter. „Ihr Lieben, schaut doch mal zur Decke. Seht ihr nicht, dass dort oben Mistkäfer Fred hängt. Der hat den Gestank verursacht!"

Ich wollte gerade nach dem Grund für den Gestank fragen, als ich merkte, dass mit meinem Körper etwas Seltsames passierte.

Es zog und ziepe an meinen Pfoten und irgendwie hatte ich das Gefühl, zu wachsen. Als ich nur einen Moment später an mir herabsah, stellte ich fest, dass ich ein Stinktier war! Wie konnte das sein? Ich hatte zwar schon bei Zaubermaus die ein oder andere Verwandlung miterlebt, aber dass mir so schnell so etwas widerfahren konnte, hatte es, wenn ich mich recht erinnere, noch nicht gegeben gegeben.

„Der Mistkäfer schafft es immer wieder, ganz besondere Dinge zu bewerkstelligen", sagte Jon. „Es ist wichtig, dass wir hier bald verschwinden. Simca sucht noch immer nach dem Schlüssel und ist abgelenkt, deshalb sollte es uns leicht fallen, den Weg in ein neues Land zu finden. Und wenn du als Stinktier unterwegs bist, dann werden sich alle anderen von dir entfernt halten, denn wenn sie dir zu nahe kommen, werden sie automatisch mit deinem ... sagen wir mal betörenden ... Duft in Kontakt kommen. Und glaube mir, das will niemand wirklich."

„Alles in Ordnung, aber wie kommen wir jetzt hier raus? Die Tür ist abgesperrt", fragte ich.

„War abgesperrt", raunte nun Fred, der vor dem Schlüsselloch saß. „Die Tür öffnen müsst ihr jetzt allerdings selbst. Ich verdufte dann mal ..." Und mit diesen Worten löste Fred sich einfach vor meinen Augen auf. So wie schon Gipsi zuvor. Ein komisches Land war das hier!

Jon und seine Kumpane schlichen voran, sahen sich um und ich folgte ihnen, als die Luft rein war. Wir liefen eine ganze Weile fast ziellos durch die Gegend, ohne das uns jemand beachtete oder gar aufhielt, und kamen schließlich zu einem großen goldenen Tor.

„Das muss das Tor sein, zu dem der goldene Schlüssel passt", ging es mir durch den Kopf. Der Schlüssel, den ich immer noch in meinem ... Hinterteil verborgen hatte. Ich pupste also zweimal kräftig, was mordsmäßig stank, dann lag der Schlüssel hinter mir. Ich nahm ihn zur Hand, bedankte mich bei meinen Freunden, die mir versicherten, immer irgendwie in meiner Nähe zu sein, und trat durch das nun geöffnete Tor in mein nächstes Abenteuer hinein. Ach ja, vielleicht sollte ich noch erwähnen, dass auf der anderen Seite eine große Armee darauf gewertet hatte, in das Land der angeblichen Weisheit zu gelangen. Simca konnte sich jetzt sicherlich warm anziehen, denn freundlich sahen diese Gesellen, die mir – Gott sei Dank – keine Beachtung schenkten, wahrlich nicht aus.

Mir war's egal, Simca war ja auch nicht sonderlich nett mit mir umgegangen. Und wenn sie und dieses Narbengesicht etwas zu verbergen hatten, dann ging mich das nun nichts mehr an.

5

Nachdem die Soldaten einer nach dem anderen an mir vorbeimarschiert und durch das goldene Tor ins Land der Weisheit gelangt waren, setzte ich mich erst einmal auf einen großen Stein, der ganz in der Nähe des Tores lag.

Dann schaute ich mich um und staunte nicht schlecht, als ich sah, wo ich nun gelandet war: mitten in den Bergen ... Und vor mir tat sich ein riesiger Gletscher auf! Kalt war es obendrein, also tat ich, was ich schon oft in solchen Situationen getan hatte: Ich rief um Hilfe.

Doch es rührte sich nichts und niemand. Was sollte ich jetzt machen? Mir war zu kalt, um auf den Gletscher zu krabbeln, aber auf diesem Stein konnte ich auch nicht sitzen bleiben. Zu blöd aber auch, dass Jon und seine Freunde mich nicht begleitet hatte. Jetzt hatte ich überhaupt keine Ahnung mehr, wie es weitergehen sollte.

Ich rief wieder und wieder: „Ist hier jemand?“ Doch es blieb still. Meine Verzweiflung wurde immer größer. Sollte meine Suche hier vielleicht schon enden?

Nach einer ganzen Weile, es mögen Stunden vergangen sein, hörte ich plötzlich ein lautes Brummen. Ich schaute mich um, konnte aber immer noch niemanden sehen.

Dann wurde das Brummen lauter und eine Stimme sagte: „Was zum Teufel brüllst du hier seit Stunden rum? Kann man nicht mal in Ruhe ein Schläfchen halten?“

Ich sah noch immer niemanden, antwortete aber: „Dann zeigt dich doch, du Troll!“

„Du Idiot!“, schallte es zurück. „Du sitzt doch schon seit Stunden auf mir rum!“

Jetzt begriff ich endlich! Der Stein, auf dem ich gesessen hatte, war gar kein Stein, sondern irgendein Wesen aus dieser kalten

Welt. „Dann sagt mir doch, wer du bist! Und zeigt dich endlich in deiner ganzen Größe!"

Vielleicht hätte ich nicht ganz so vorlaut sein sollen, denn nun zeigte sich das Wesen tatsächlich in seinem ganzen, gigantischen Ausmaß. Es war ein Reptil, das sich so tief in die Erde eingegraben hatte, dass nur noch sein Kopf herausguckte – der Stein, auf dem ich gesessen hatte.

„Du wagst es, mich hier so anzubluffen? Hä? Was fällt dir ein, hier einfach so aufzutauchen? Willst womöglich auch noch auf meinem Gletscher rumlatschen, was? "

„Nein, das will ich nicht", antwortete ich freundlich. „Dafür ist es mir hier viel zu kalt. Ich laufe ja schon fast blau an, so friere ich!"

„Was willst du dann hier?", fragte das Reptil jetzt noch argwöhnischer.

„Ich suche meine liebe Freundin! Sie heißt Zaubermaus. Ich bin durch das goldene Tor gekommen und jetzt sitze ich hier in dieser Eiseskälte fest."

Nun musste das Reptil herzhaft lachen: „Du denkst, dass Zaubermaus sich hier in der eisigen Kälte aufhält? Da muss ich dich leider enttäuschen. Außer mir ist niemand mehr hier. Denn wie ich sehe, hast du unsere Soldaten ins Land der Weisheit gehen lassen. Ein kluger Schachzug von dir! Denn Simca hat etwas, das mir gehört! Nur mir! Ich bin dir also zu Dank verpflichtet und habe sogar großen Respekt vor dir, denn du musst den goldenen Schlüssel gefunden und ihn benutzt haben. Das ist noch keinem vor dir gelungen!"

Langsam wurde mir dieser seltsame Kerl sogar ein wenig sympathisch. Selten fand jemand so nette Worte für mich. „Ich bin übrigens Paul", stellte ich mich vor. „Sohn des Teufels und in ... sagen wir mal ... geheimer Mission unterwegs ..."

„Hast wohl zu viele 007-Filme gesehen, was? Geheime Mission!" Jetzt lachte das Reptil schallend. „Im ganzen Fantasiereich weiß jeder, dass du Zaubermaus suchst! Was soll also an deiner Mission geheim sein?", scherzte das Reptil.

Dann wurde es ernst. „Da ich aber nicht will, dass du hier festfrierst, lade ich dich in meine bescheidene Behausung ein. Folge mir.“

Es öffnete sich eine riesige Tür direkt in den Gletscher hinein und ich war mehr als erleichtert, als ich diese Tür sah und meinen ersten Schritt in eine wirklich mollig warme Höhle setzen konnte. Schon bald darauf spürte ich langsam, aber sicher meine verfrorenen Hände und Füße wieder.

„Hast du Hunger?“, fragte mich das Reptil, dessen Namen ich noch immer nicht kannte.

„Und wie“, gab ich zurück.

Wenig später saß ich mit meinem Gastgeber an einem riesigen Tisch, der mit Obst und Gemüse, warmen Getränken und allem, was das Herz begehrte, gefüllt war. Ich griff ordentlich zu, denn ich hatte seit Tagen nichts mehr gegessen – außer den paar trockenen Brotstullen, die mir Simca in mein Zimmer hatte bringen lassen.

Nach dem Essen rülpste das Reptil herzhaft und so laut, dass ich mir die Ohren zuhalten musste. „Ich bin übrigens Dobilon“, sagte das Reptil, nachdem es sich kräftig gekratzt hatte. Ihm ging es wohl richtig gut.

Stille trat ein, in der wohl jeder von uns seinen Gedanken nachhing. Als ich gähnen musste, lud mich Dobilon ein, in einem seiner Gästezimmer zu nächtigen. Das Angebot nahm ich gerne an.

Das Zimmer war gemütlich und als sich Dobilon verabschiedet hatte, warf ich mich aufs Bett. Ich war wirklich hundemüde, wenn man das als Stinktier so überhaupt sagen durfte.

Bald war ich eingeschlafen, doch ich schlief sehr unruhig, wälzte mich immer wieder hin und her und sah in meinen Träumen immer wieder Zaubermaus. Sie rief nach mir.

Oder hatte ich mir das nur eingebildet?

Ich stand auf, ging zur Tür, um zu sehen, ob ich wieder gefangen war, doch die Tür ließ sich anstandslos öffnen. Also zurück ins Bett und Schäfchen gezählt. Irgendwann schlief ich dann tatsächlich fest ein, wachte am nächsten Morgen allerdings wie gerädert auf. Da half auch das fröhliche „Guten Morgen“, das mir das Reptil entgegenwarf, nichts.

Verdrossen murmelte ich ebenfalls: „Guten Morgen“, und setzte mich an den Frühstückstisch, den Dobilon bereits für uns gedeckt hatte. Mir konnte jetzt erst mal nur ein richtig starker Kaffee helfen, den das Reptil mir unaufgefordert servierte.

Als Dobilon sah, dass ich langsam munterer wurde, fragte er mich nach Zaubermaus: „Du suchst sie also?“ Er sah mich eindringlich an. „Ja, ich habe sie gesehen, aber das ist schon eine Weile her. Sie hat mir ebenso auf dem Kopf rumgetrampelt wie du. Ich weiß zwar nicht, wo sie sich gerade jetzt befindet, aber ich kann dir vielleicht trotzdem helfen!“ Dobilon machte eine Pause.

„Nun lass dir nicht die Würmer aus der Nase ziehen“, grunzte ich ihn an.

„Immer sachte, mein Freund“, entgegnete er. „Ich habe dir gestern nicht ganz die Wahrheit gesagt.“ Wieder schaute er mich so komisch an, dann fuhr er fort: „Es ist nämlich so, dass ich in diesem Reich nicht wirklich ganz alleine lebe. Hier im Gletscher gibt es außer mir noch ein Wesen, das man besser nicht auf die Welt loslassen sollte. In dessen Fänge war Zaubermaus geraten, als sie bei mir war. Sie war so neugierig, dass sie tiefer und tiefer in den Gletscher gehen musste, obwohl ich ihr das ausdrücklich verboten hatte.“

Ich musste schmunzeln. Ja, das war meine Zaubermaus. Als wenn die sich jemals irgendwas verbieten lassen würde!

„Ich hatte sie vor dem gewarnt, was sie dort erwarten würde, aber, na ja, bei Zaubermaus scheint bei so was ja Hopfen und Malz verloren zu sein. Kurzum. Sie wurde vom Herrscher dieser kalten Unterwelt in Gewahrsam genommen. Aber da sie sich wohl außergewöhnlich kratzbürstig und bissig zeigte und er mit ihr auch nicht wirklich etwas anfangen konnte, ließ er sie nach drei Tagen wieder frei. Ich habe sie nicht mehr gesehen, denn sie hat den Ausgang am anderen Ende des Gletschers benutzt. Dedilon, so heißt mein Widersacher hier unten, hat es mir erzählt. Wenn du sie wiederfinden möchtest, bleibt dir wohl nichts anderes übrig, als durch den Gletscher zu laufen, um ihr auf ihrem Weg zu folgen."

Ich überlegte. Dedilon und Dobilon, das hörte sich doch wirklich sehr ähnlich an.

„Ich sehe, du denkst nach", wandet sich das Reptil wieder an mich. „Und ich kann deine Vermutung bestätigen. Dedilon ist mein verhasster Bruder. Unsere Eltern haben den Gletscher unter uns aufgeteilt. Doch das reicht diesem bösen Kerl nicht. Immer wieder versucht er, mir meinen Anteil zu rauben. Bislang ist es ihm aber noch nicht gelungen. Er ist zwar nicht wirklich gefährlich ..."

In diesem Moment erhob sich ein fürchterliches Grollen „Ah, mir scheint, er kündigt sich wieder einmal zu einem seiner Besuche an", sagte Dobilon und rückte ein wenig zur Seite.

Gerade noch rechtzeitig, denn zwei riesige Eiszapfen fielen von der Höhlendecke genau dorthin, wo mein Gastgeber gerade noch gestanden hatte. Das hätte böse enden können.

Dann hörte ich ein lautes Schnaufen und schon wenig später stand das genaue Ebenbild von Dobilon vor mir. Auf den ersten Blick erkannte ich keinen Unterschied bei den – wie ich vermutete – Zwillingsbrüdern. Später dann bemerkte ich aber, dass Dobilon goldene Augen hatte, Dedilon dagegen braune.

„Darf ich vorstellen? Dedilon, das ist Paul. Er ist auf der Suche nach Zaubermaus. Paul, das ist mein Zwillingsbruder Dedilon."

„So so, du suchst also Zaubermaus." Dedilon sah mich unverhohlen neugierig an. „Tja, da kommst du wohl zu spät. Die ist bereits seit Tagen auf und davon! Aber du, du wärst ein wirklich leckeres Mittagessen."

„Ach, Dedilon, nicht schon wieder diese Nummer!", warf Dobilon ein, als es sah, dass ich mit seiner Aussage nicht so recht etwas anzufangen wusste. „Paul weiß doch längst, dass wir Vegetarier sind."

„Spielverderber", erwiderte der Zwilling und grinste mich unverschämt an.

„Zeigt ihm den Weg nach draußen und dann ist gut", sagte

Dobilon, gähnte und verschwand ohne ein weiteres Wort und ohne sich von mir zu verabschieden. Wie unhöflich!

„Dann komm mal mit, du Hänfling“, sagte Dedilon zu mir und zog mich einfach mit sich.

6

Der Griff von Dedilon war so fest, dass ich gar nichts anderes machen konnte, als ihm zu folgen. In seinem Teil der Gletscherhöhle sah es genauso aus wie bei seinem Bruder – vielleicht ein wenig unaufgeräumter. Allerdings hatte ich nicht viel Zeit, mich umzusehen, denn kaum hatte ich sein Reich betreten, bekam ich nasse Füße und eine große Flutwelle kam auf mich zu.

„Halt dich gut fest“, brüllte mir das Zwillingsreptil zu und ich tat, wie mir gesagt worden war. Ich krallte mich an seinem stacheligen Schwanz fest und schon wurden wir unter Wasser gezogen. Die Welle prallte schließlich an der Wand zurück, durch die wir gerade Dedilons Höhlenteil betreten hatten, und schleuderte uns unsanft zur anderen Seite. Ein schier endloses Hin und Her folgte, bis sich die Welle beruhigt hatte und zum Stillstand kam. Hatte ich bis jetzt geglaubt, mich immer noch in der Höhle zu befinden, so wurde ich nun eines Besseren belehrt. Wie von Zauberhand befand ich mich plötzlich auf dem Meeresgrund und von Dedilon war nichts mehr zu sehen. War ich vielleicht tot? Ertrunken? Ertrunken auf der Suche nach Zaubermaus?

Ich kniff mir in die Pfote und stellte fest, quietschlebendig zu sein. „Was für ein merkwürdiges Erlebnis“, dachte ich mir.

Noch nie war ich auf so unerklärliche Weise von einem Land ins nächste gereist, denn dass ich mich nicht mehr in der Gletscherregion befand, war ganz eindeutig auszumachen. Ich befand mich in einer Welt unter Wasser. Und dann traf es mich wie ein Blitz: Warum konnte ich hier atmen? Ich war ein Säugetier, ein Stinktier – und die konnten fürwahr im echten Leben nicht unter Wasser ein- und ausatmen, ohne zu ertrinken. Das wusste selbst ich.

Ich sah an mir herunter und stellte fest, dass ich mich zwar nicht verwandelt, aber in einer Art Raumfahreranzug steckte und einen Helm auf dem Kopf trug. Also so einen, wie man in der Regel beim Tiefseetauchen trug. Ein tiefseetaugliches Stinktier hatte es sicherlich auf diesem Planeten noch nicht gegeben.

Trotz alledem – ich war wieder allein. Oder doch nicht? Denn kaum hatte ich über mein Alleinsein philosophiert, trat ein stählernes Monster auf mich zu. Ich hatte hier und da auf unseren Reisen schon von solchen Wesen gehört, begegnet war ich allerdings noch keinem.

Das Monster schaute mich an. Lang und intensiv. Ohne ein Wort zu sagen. Und auch ich traute mich nicht, das Wort an diesen Stahlkoloss zu richten.

Waren es Minuten oder Stunden, die wir uns nur gegenseitig in Augenschein nahmen? Ich kann es im Nachhinein gar nicht sagen. Plötzlich aber öffnete sich eine Tür in diesem stählernen Wesen und ein kleines Mädchen trat heraus. Es trug weder einen Tiefseeanzug wie ich noch irgendwelche anderen Hilfsmittel, aber es konnte unter Wasser atmen ... und reden. Denn es sagte zu mir: „Komm mit!“

Ich folgte dem Mädchen zu einer Art U-Boot, in das es mich einstiegen ließ, und dann wieder verschwand, nachdem es mir gesagt hatte, dass ich nun meinen komischen Anzug ausziehen könne. Das tat sich natürlich sofort – besonders attraktiv sah ich darin nämlich nicht aus, wie ich bei einem Blick in eine Fensterscheibe dieses U-Boots hatte feststellen können.

Als ich mich von diesem Ungetüm befreit hatte, fläzte ich mich auf eine Couch, die in einer Ecke des Unterseebootes stand. Ich musste wohl eingeschlafen sein, denn als ich erwachte, stand vor mir – und ich schwindle nicht – ein goldener Roboter. Wie lange er dort schon stand, konnte ich natürlich nicht wissen, aber ich vermutete doch, dass ich längere Zeit geschlafen hatte.

„Ich bin Carlos Robocon“, sagte der Roboter und er hörte sich gar nicht wie eine sprechende Maschine an, sondern eher wie ein Mensch. Denen war ich ja auf Erden zusammen mit Zaubermaus öfter einmal begegnet und wusste nur zu genau, wie ihre Stimme klang.

„Du kannst von Glück sagen, dass unsere kleine Wassernixe dich entdeckt und zu mir gebracht hat, denn normalerweise nehme ich keine Fremden in meinem Boot mit." Er drehte sich einmal um seine eigene Achse und sah mich dann wieder an. „Musste mich gerade mal neu aufziehen", sagte er lächelnd. „Das geht nur beim Drehen um die eigene Achse. Wie bei einem Uhrwerk. Oder so. Oder so ähnlich."

Carlos lud mich zu sich in seine – wie er es nannte – Kommandozentrale ein und erklärte mir in stundenlangen Gesprächen die Funktionsweise seines U-Boots. Unterdessen schipperten wir gemütlich auf dem Meeresgrund entlang, an einem Korallenriff nach dem anderen vorbei. Was es da alles zu sehen gab, das war unbeschreiblich. Fische und Anemonen, Wesen, die halb Mensch und halb Fisch zu sein schienen, und andere, die aussahen, als hätte man sie hier von der Erde aus im Meer entsorgt. Warum sie allerdings unter Wasser leben konnten, verstand ich nicht. Carlos quasselte etwas von Metamorphose. Aber was das genau war, verstand ich beim besten Willen nicht. War ja auch egal, ich wollte eh nicht auf Dauer hier bei ihm leben.

„Du bist mein Gast", sagte Carlos, als der Tag dem Abend wich. „Ich vertraue dir, du kannst dich auf meinem Schiff ungehindert bewegen. Aber ich warne ich: Führst du etwas Böses im Schilde, werfe ich dich eigenhändig den Haien zum Fraße vor."

Ich war mir nicht ganz sicher, ob er das ernst meinte, denn als er das sagte, sah ich ein schelmisches Aufblitzen in seinen Augen. Als sich Caros verabschiedet hatte, zog ich los, denn meine Neugier war wieder einmal geweckt worden. Noch nie zuvor war ich auf einem Unterseeboot gewesen, das wollte ich doch nun genauer unter die Lupe nehmen!

Ich öffnete jede Tür, an der ich vorbeikam, und schaute in den Raum hinein. In einem verbargen sich Vorräte, in dem anderen diverse Maschinen, die das U-Boot antrieben. Irgendwann war nur noch eine Tür übrig, hinter die ich noch nicht geschaut hatte. Als ich jedoch nach dieser Türklinke griff, stellte ich schnell fest, dass diese Tür im Gegensatz zu den anderen Türen verschlossen war. Ich versuchte noch einmal, sie zu öffnen, vielleicht klemmte sie ja nur. Doch dann hörte ich ein zaghaftes Klopfen hinter der Tür. Es ging mir zwar kurz durch den Kopf, was Carlos gesagt hatte, also die Sache mit den Haien, aber das war mir egal. Ich hatte schon ganz andere Dinge überstanden ... und etwas wirklich Böses tat ich hier ja nicht. Vielleicht steckte sogar Zaubermaus hinter dieser Tür. Man wusste ja nie, wo sie sich gerade rumtrieb oder in welcher Gefahr sie sich befand.

Also zog und rappelte ich so lange an der Tür und warf mich immer wieder dagegen, bis sie endlich aus dem Schloss sprang. Kaum hatte ich sie geöffnet, kam mir ein eiskalter Hauch entgegen. Sehen konnte ich nichts, doch mit einem Mal blieben alle Maschinen stehen und das Licht ging aus. Schlagartig war es überall dunkel, nur die grünen Lichter der Notbeleuchtung blieben an.

Hups! Was hatte ich denn da angestellt? Ich wollte mich gerade aus dem Staub machen, doch es war bereits zu spät. Hinter mir stand, schwer verletzt, eines dieser Weser, die ich schon am Meeresgrund gesehen hatte – halb Mensch, halb Tier. Es blutete aus einer großen Wunde am Bein, das das Bein eines Menschen war. Jämmerlich blickte es drein und hauchte mir zu: „Hilf mir, bitte!“

Ich wusste nicht wirklich, was ich tun sollte, also legte ich meine Hand auf die klaffende Wunde ... und ein Wunder geschah, denn das Blut versiegte und als ich genauer hinsah, erkannte ich, dass nicht einmal mehr eine Verkrustung an der gerade noch offenen Stelle oder gar eine Narbe zu sehen waren. Ich blickte das Wesen, von dem sofort eine ungemeine Faszination ausging, mit großen Augen an.

„Willst du mich töten?“, fragte es plötzlich unvermittelt.

Ich schüttelte nur den Kopf.

„Mein Name ist Carlos, Carlos Robocon oder auch Carlos der Weise genannt“, stellte sich mein Gegenüber vor.

Ich stutze. Den Namen Carlos Robocon hatte ich doch schon einmal gehört. Hatte sich nicht vorhin erst dieser sprechende

Roboter so vorgestellt? Wie konnte das sein? Wieder eine Verwandlung?

„Du fragst dich, warum ich diesen Namen trage?“, sprach das Wesen, ohne dass ich etwas gesagt hatte. „Carlos Robocon ist schon immer mein Name gewesen. Aber dieser Roboter, der auf meinem U-Boot herumspukt und mich hier eingesperrt hat, meint immer, er sei ich. Deshalb nennt er sich auch so wie ich.“

„War er es auch, der dich am Bein verletzt hat?“, fragte ich und deutete auf sein Bein.

Der wahre Carlos lächelte. „Nein, das war ich Dumpfbacke selbst! Als ich versucht habe, mich aus meiner misslichen Lage zu befreien, habe ich mich an einem rostigen Nagel verletzt, der in einer Kiste nahe der Tür steckte. Damit hatte der Roboter nichts zu tun.“ Carlos betrachtete mich aufmerksam von oben bis unten und meinte dann: „So was wie dich hab ich eigentlich noch nie gesehen. Du siehst aus wie ein Engel, aber auch wie ein Teufel. Wer oder was bist du genau?“

Ich blickte an mir herunter und erkannte, dass ich mich in meinem eigenen Körper befand, ich war wieder der Paul, der ich schon immer gewesen war. Mit Teufelshörnern am Kopf und einem – wenn auch nur schwachen – Heiligenschein darüber. Also erzählte ich Carlos meine Geschichte und berichtete ihm auch, dass ich Zaubermaus noch immer suchen und auf meinem Weg zu ihr von einem Abenteuer ins nächste stürzen würde.

„Zaubermaus.“ Carlos überlegte kurz. „Ich habe den Namen schon einmal gehört, aber ich kann dir nicht mehr sagen, wann und wo das gewesen ist.“

Ich wurde ein wenig traurig und war den Tränen sehr nah. Carlos der Weise versuchte, mich zu trösten, und lud mich ein, ihn eine Weile zu begleiten, was ich gerne annahm. Wohin hätte ich auch unter Wasser alleine gehen sollen?

Kurz fragte ich noch nach, was mit dem Roboter sei, doch der echte Carlos lachte auf: „Den hängen wir an die Steckdose, denn inzwischen dürfte sein Akku wohl leer sein.“

Er grinste frech. „Oder hat er auch dir die Geschichte erzählt, dass er sich auflädt, indem er sich einmal um seine eigene Achse dreht?“

„Hat er“, gab ich zurück und musste über meine eigene Dummheit schmunzeln. Dabei hatte der Roboter so nett gewirkt! Nun wollte ich auf jeden Fall mehr über Carlos und seinesgleichen wissen. Wir zogen uns zurück, aber nicht, ohne einen Abstecher zum Roboter zu machen, der tatsächlich sein Ladekabel ausgefahren hatte und brav an einer Steckdose hing und den Eindruck erweckte, als könne er keiner Fliege etwas zuleide tun. Beim Vorbeigehen streckte ich ihm die Zunge raus und er zwinkerte mir schelmisch zu.

Später erfuhr ich, dass Carlos ein echtes Fabelwesen war. „Manche vergleichen uns auch mit Göttern, weil wir so ziemlich alles sehen können in unserem weiten Universum. Aber so weit würde ich selbst nicht gehen. Gott klingt gleich so große und mächtig. Und so fühle ich mich nicht.“

Ich schöpfte Hoffnung. Vielleicht konnte ich über ihn mehr über den Aufenthaltsort von Zaubermaus erfahren. „Du, sag mal, wenn du das ganze Universum beobachten kannst, dann könntest du vielleicht auch in Erfahrung bringen, wo sich Zaubermaus gerade aufhält?“, fragte ich.

Carlos lachte und sagte: „Paul, das ist gar nicht so einfach, wie du dir das vielleicht vorstellst. Aber weil ich sehen kann, dass du im Grunde ein gutes Herz hast, auch wenn du manchmal ziemlichen Blödsinn anstellst, will ich es einmal versuchen. Warte einen Augenblick, ich muss mich erst in Trance versetzen.“

Ich blieb mucksmäuschenstill in der Zeit, in der Carlos in sich hineinhorchte. Und das dauerte wirklich eine ganze Weile – mir fast schon zu lange, denn ich gehöre ja nicht unbedingt zu den geduldigsten Wesen auf diesem Planeten ... oder darüber hinaus.

Gerade als ich aufbegehren wollte, fand Carlos in die Wirklichkeit zurück. Er schmunzelte, als er sagte: „Paul, ich habe eine Botschaft von Zaubermaus für dich. Ich soll die sagen, dass sie so nah und doch so fern ist. Und von mir aus kann ich sagen, dass du sie erst finden wirst, wenn du alle Aufgaben gelöst hast, die sich dir auf deinem Weg auftun. Dieser Besuch bei mir war eine deiner Aufgaben, die du mit Bravour gemeistert hast. Du hast mich befreit und mich geheilt und ich werde dir auf ewig dankbar sein." Er hielt inne. „Und außerdem werde ich jetzt besser auf meinen Roboterfreund aufpassen als je zuvor."

7

Carlos brachte mich mit seinem U-Boot bis zu einer Insel, auf der viele andere Fabelwesen lebten. Die waren anfangs nicht so begeistert davon, dass ich zu ihnen kam, doch als ich mich selbst in ein Fabelwesen verwandelt hatte, sahen sie mich schon freundlicher an. Ja, ich war nun auch ein Fabelwesen, halb Mensch, halb Löwe. Ja, mein Hals zierte ein riesiger Löwenkopf. Wenn das Zaubermaus sehen könnte! Die wäre sicherlich mächtig stolz auf mich.

Ich erfuhr aber auch gleich, dass diese Insel nur ein Zwischenstopp für mich war, schon am nächsten Tag sollte ich mich mit einem eigenen Boot auf den Weg zum Berg Holulu machen, wo ich Weiteres über den Verbleib von Zaubermaus erfahren würde. Da das Boot, das ich benutzen sollte, noch nicht fertiggestellt war, machten sich die Fabelwesen sofort an die Arbeit und bauten mir ein Boot, das sich wirklich sehen lassen konnte. Jeder Fürst wäre stolz gewesen, mit einem solchen Teil über die Meere zu schippern. Ich selbst musste nicht mit anpacken, sondern durfte mich bei einem ausgiebigen Mahl, das mir die Frauen der Fabelwesen zubereiteten, entspannen und mich voll futtern.

Als das Boot gerichtet war und ich mich mit Vorräten für die ungewisse Reise versorgt hatte, ging es los. Die Fabelwesen standen am Strand und winkten mir zu. Ich schaute noch einmal wehmütig zurück – auf dieser Insel war es wirklich schön gewesen. Gerne wäre ich länger geblieben. Doch alles Jammern half nichts, ich hatte eine wichtige Mission zu erfüllen. Zaubermaus, die mir so nah und so fern war – was auch immer das bedeuten mochte – wollte gefunden und vielleicht sogar gerettet werden.

Also lichtete ich den Anker, warf den Motor an, denn ich musste Gott sei Dank nicht selbst rudern, und steuerte sogleich hinaus aufs Meer.

„Immer der Nase nach", hatten mir die Fabelwesen mit auf den Weg gegeben. Und so hielt ich tatsächlich tapfer meinen Riechzinken in den Wind – tatsächlich riechen konnte ich jedoch nichts. Noch einmal warf ich einen Blick zurück, winkte meinen neuen Freunden zu, doch als ich wieder in Richtung Bug meines Bootes schaute, ahnte ich Fürchterliches: Am Horizont zogen dunkle Wolken auf, die sich mehr und mehr zu einem Wolkengebirge auswuchsen. Na, das konnte ja heiter werden ...

Mutig und trotzig und immer der Nase nach hielt ich direkt auf den Sturm zu, der sich nun bald vor mir mit aller Kraft austobte. Meterhohe Wellen verlangten mir alles ab, wenn sie gegen mein Boot prallten, das nun gar nicht mehr so stattlich wie am Ufer wirkte, sondern eher wie eine tanzende Nussschale auf dem Meer. Aber es half nichts, ich musste da durch und auch dieses Abenteuer bestehen.

Ich hatte wirklich Mühe und Not, das Boot unter Kontrolle zu halten, immer wieder peitschten riesigen Wellen auf mich zu und mir der Wind um die Ohren. Als mich meine Kräfte verließen und ich mich diesem Sturm schon ergeben wollte, um zu sterben, flüsterte mir der Wind ein Lied ins Ohr:

Gib nicht auf, kleiner Held.
Du wirst es schaffen.
Mach dich nicht zum Affen.
Zaubermaus liebt dich so sehr
und du bezwingst das Meer!

Immer und immer wieder wiederholte der Wind diese Worte, die sich wie ein unauslöschbares Band zwischen den Wind und mich stellten. Und plötzlich hatte ich das Gefühl, dass nicht mehr ich selbst, sondern ein höheres Wesen sich den Wellen entgegenstellte. Hatte Carlos das mit göttergleich gemeint? Waren wir Fabelwesen wirklich mit dem Höchsten verbunden?

Bald ließen Sturm und Wellen nach und ich sank erschöpft in meinen Boot zusammen.

Leise flüsterte ich „Danke, Freund Wind, für deine Hilfe“, und ein seichter, warmer Hauch hüllte mich für einen kurzen Augenblick ein. Ich wurde schläfrig und gab mich diesem Gefühl hin, denn ich wusste, hier konnte mir nichts mehr passieren. Der Wind würde auch weiterhin schützend seine Arme über mich ausbreiten.

So beruhigt, fiel ich in einen tiefen, traumlosen Schlaf und erwachte erst wieder, als sich bereits die ersten funkelnden Sterne am Himmel zeigten. Ich blickte um mich, sah, dass ich immer noch auf dem Meer tuckerte und alles in Ordnung war. So beschloss ich, einfach weiterzuschlafen, denn ich war immer noch sehr müde ...

8

Als am nächsten Morgen die Sonne am Horizont ihre ersten Strahlen zeigte, sah ich in der Ferne mein Ziel – den Berg Holulu. Genauso, wie er sich hier und jetzt präsentierte, hatten ihn mir die Fabelwesen beschrieben – ein aufrechter Kegel mit einer Bergspitze aus Gold. Ich konnte ihn tatsächlich nicht verfehlen. Die Sonne wärmte meinen Körper und ich entdeckte, dass ich wieder in meinem eigenen steckte. Schade, der Löwenkopf hatte mir wirklich gut gestanden!

Ich beschloss, mich erst einmal zu stärken, denn genug Proviant hatte ich ja dank der Fabelwesen an Bord. Gerade als ich in mein Brot beißen wollte, landete eine weiße Möwe auf dem Motor meines Bootes. Sogleich schoss mir die Frage durch den Kopf: „Ob man die wohl essen kann?"

Als hätte sie meine Gedanken gelesen, kreischte mich die Möwe an: „Untersteh dich, mich fressen zu wollen!"

„Wollte ich gar nicht wirklich, war nur so ein Gedanke", gab ich reumütig zurück.

„Na gut, das will ich dir mal glauben. Bin übrigens Bo, die Möwe, falls du schon mal von mir gehört haben ..."

„Habe ich nicht", fiel ich dem Federvieh ins Wort.

„Klugscheißer", zischte das und betrachtete mich von oben bis unten. „Mutter Engel, Vater Teufel?", fragte sie dann provokant.

„Geht dich gar nichts an", gab ich in gleichem Tonfall zurück. Was wollte dieses Vieh bloß von mir?

„Ich weiß, wohin du willst!" Bo blickte in die Ferne und deutete auf den Berg, der immer näher in unser Sichtfeld trat.

„Ja, zum Berg Holulu", sagte ich.

Bo hielt sich erschrocken den Flügel vor den Schnabel: „Sag mal, bist du wahnsinnig, diesen Namen so laut zu schreien? Der Berg kann dich hören. Und das schon lange, bevor du ihn überhaupt sehen kannst. Er hat Ohren so fein wie ... ach, was weiß ich, wer außer ihm so feine Ohren hat. Was willst du überhaupt da?"

„Zaubermaus finden", antwortete ich.

„Zaubermaus? Kenn ich nicht!" Kampfeslustig sah Bo mich an. „Weißt du eigentlich, was es mit diesem Berg d drüben auf sich hat?"

Ich schüttelte verneinend den Kopf.

„Hast du schon mal einen Berg tief aus einem Meer steigen sehen?"

Wieder schüttelte ich den Kopf. Konnte mich nicht daran erinnern, jemals so etwas gesehen zu haben.

„Kannst du auch nicht. Weil es solche Berge nämlich gar nicht gibt. Und so ist das da drüben ...", Bo deutet mit dem Flügel Richtung Holulu, „... auch gar kein Berg. Oder hast du je einen Berg mit einer goldenen Krone gesehen?"

Langsam schwante es mir und die Gedanken, die mir kamen, waren alles andere als positiv. „Du willst also sagen, dass dieser Berg dort im Meer gar kein richtiger Berg ist?

„Du bist ja ein richtiger Blitzmerker!", sagte Bo frech. „Aber mal im Ernst. Das da, was aussieht wie ein Berg, ist ein riesiges Meeresungeheuer. Es ist der König des Meeres und der trägt auf seinem Haupt die goldene Krone. Wer in ihren Besitz kommt, so sagt man, der wird das Meer beherrschen. Das ist eine alte Sage, die solchen Küstenbewohnern wie mir schon in Kindertagen erzählt wird."

Bo hielt inne und flüsterte dann: „Weil Holu... du weißt schon, wen ich meine, solche Angst um seine Krone hat, hält er Tag und Nacht seine Ohren weit offen, um jedes Geräusch – und sei es noch so leise – vernehmen zu können. Wenn er Gefahr auf sich zukommen sieht, lässt er einen mächtigen Sturm über das Meer ziehen, der schon manchen Seemann das Leben gekostet hat. Du bist doch in einen Sturm geraten, oder?"

Ich nickte.

„Das habe ich mir gedacht. Du siehst, wenn ich das mal so sagen darf, auch tatsächlich ein wenig zerrupft aus. Was solls. Egal. Jetzt aber weißt du, was dich dort erwartet. Falls du es überhaupt lebend schaffst bis nach Holu... du weißt schon, was ich meine, durchzudringen. Ich wünsche dir auf jeden Fall viel Glück. Und jetzt mache ich mich mal vom Acker. Hab keinen Bock auf eine Begegnung mit ... du weißt schon, wen ich meine."

Dann flog Bo davon und ich konnte bald nur noch einen kleinen Punkt am Horizont ausmachen.

9

Langsam wurde es dunkel und ich konnte die Sterne am Firmament erkennen. Das Meer war totenstill geworden und jetzt fehlte mir ein wenig der geschwätzige Bo, denn mir war irgendwie ziemlich langweilig. Und obwohl ich die Insel Holulu schon lange am Horizont erblickt hatte, dauerte es noch ganze acht Tage, bis ich ihr endlich nahe genug war, um mehr erkennen zu können.

Doch was war das für eine Begrüßung! Kaum hatte ich mich dem Strand der Insel genähert, schlugen rechts und links von meinem Boot Geschosse ein. Was fiel diesem ... diesem grässlichen Ungeheuer bloß ein, mich so zu begrüßen? Das wollte der König der Meere sein? Ha, dass ich nicht lachte!

Wer auch immer da auf mich zielte, hatte offensichtlich nicht ausreichend Zielwasser getrunken, denn keines der Geschosse traf mein Boot. Oder ob die Schützen mich wohl nur erschrecken wollten?

Doch ich hatte mich zu früh gefreut, denn plötzlich gab es eine riesige Explosion und mein Boot begann, lichterloh zu brennen. Mir blieb nichts anderes übrig, als ins Wasser zu springen, wenn ich mit heiler Haut aus diesem Abenteuer herauskommen wollte. Ich schwamm also Richtung Ufer und konnte mich gerade noch mit letzter Kraft auf die Insel Holulu retten. Erschöpft brach ich klitschnass am Strand zusammen und nahm mir noch im gleichen Moment vor, künftig etwas mehr Sport zu betreiben.

Erst nach Stunden öffnete ich wieder die Augen. Und was glaubt ihr wohl, wer da neben mir saß?

Richtig! Bo!

Er fragte: „Was um Himmels willen ist denn mit dir passiert?“

„Ach, nichts weiter“, gab ich zurück, „ich wäre nur fast ertrunken.“

Dann sah ich mich gründlich um. „Sind wir nun auf dieser komischen Insel, deren Namen man nicht nennen darf?", wollte ich sogleich wissen, nachdem ich mir einen Überblick verschafft hatte.

„Sind wir nun also auf dieser Insel, diesem Berg oder was immer es auch ist", fragte ich noch einmal nach, denn Bo hatte mir immer noch nicht geantwortet.

Doch noch ehe er nun etwas sagen konnte, hörte ich eine fremde Stimme. „Was fällt euch ein, hier auf meiner Insel Holulu einzufallen und uns anzugreifen? Und wer seid ihr?"

So ein blöder Typ! Wer hatte denn hier wen angegriffen? „Wir sind keine Eindringlinge, sondern kommen in Frieden", antwortete ich. „Ich bin auf der Suche nach meiner Freundin Zaubermaus. Und ich hatte den Tipp bekommen, in diese Richtung zu segeln."

„So, du suchst also deine Freundin?", kam gleich die Gegenfrage.

Ich schöpfte Hoffnung. „Ja, hast du sie vielleicht gesehen?"

„Ich muss darüber nachdenken", sagte das Wesen, das ich immer noch nicht zu Gesicht bekommen hatte.

Kaum aber hatte es den Satz ausgesprochen, bebte die Erde unter uns. Und als sie sich nach einiger Zeit wieder beruhigt hatte, entstanden aus dem Sand um mich herum merkwürdige Figuren, die deutlich größer waren als ich. Figuren, die ein merkwürdiges Aussehen hatten und aus denen eines besonders hervorstach.

„Deine Freundin habe ich nicht gesehen", antwortete dieses und ich erkannte an der Stimme gleich, dass es das gewesen war, welches schon zuvor mit mir gesprochen hatte.

Es stellte sich als Gomez vor, Diener des Königs der Meere, dem diese Insel gehörte, auf der Bo und ich gestrandet waren ... und die eigentlich gar keine Insel war, sondern der Meeresgott höchstpersönlich. Nun, das wusste ich ja bereits alles. Neu für mich aber war, dass der Meeresgott so groß, so dick und so unbeweglich war, dass er nur noch über Boten und Diener mit

Gestrandeten reden konnte. Und die kamen vielleicht alle hundert Jahre einmal, wie Gomez nun so berichten wusste. Er und seine Mannen waren es auch gewesen, die mir mit ihren tollen Donner- und Kanonenschlägen einen so reizenden Empfang bereitet hatte.

Dann lud er mich ein, seine Stadt unter dem Sand kennenzulernen. Ich war mir nicht ganz sicher, ob ich ihm folgen sollte, denn unter dem Sand bekam ich sicherlich keine Luft, aber beruhigte mich. „Keine Sorge", sagte er, „wenn wir dort atmen können, dann kannst du das auch."

Ich wollte gerade Bo bitte, mich zu begleiten, da sah ich, dass sich der Vogel bereits in die Luft erhoben hatte.

„Nichts für mich, so eine Sandstadt", rief er mir zu. „Der Sand setzt sich zu sehr in meinem Gefieder fest. Ich verschwinde. Vielleicht sieht man sich ja mal wieder." Und mit diesen Worten hob er ab und ward bald nicht mehr zu sehen.

Ich aber folgte Gomez durch einen geheimen Eingang in die unterirdische Stadt. Und was ich hier zu sehen bekam, beeindruckte mich doch stark – alle Häuser und Bauwerke waren tatsächlich nur aus Sand gebaut. Ich kam mir vor, wie bei einem dieser Sandfestivals an den Stränden, die es überall gab. Ich hatte mit Zaubermaus mal so ein Festival besucht und wir hatten uns beide später aus Sand modelliert am Strand wiedergefunden. Natürlich war dieses Kunstwerk nicht für ewig gebaut worden, aber eine Zeit lang gab es uns beide schon in dieser Form, na eben so lange, bis die nächste Flut unsere Sandkörper zerstörte.

Aber hier war alles ganz anders. Hier konnte keine Welle, kein Sturm den Häusern etwas ankamen. Ich zollte Gomez und seinen Sandmännern Respekt und er freute sich über mein Lob. Er hatte übrigens recht gehabt – ich konnte hier unter dem Sand wunderbar atmen und es flog auch kein noch so kleines Sandkörnchen durch die Luft.

„Wir alle leben hier auf – beziehungsweise – in dem König der Meere, ach, wie soll ich dir das erklären ... egal, nimm es einfach so, wie ich es sage", begann Gomez zu erklären. „Und wir alle sind zwar seine Diener, aber wir haben unser eigenes Reich hier unten ..."

Weiter kam der gesprächige Sandmann nicht, denn plötzlich wurde er von einer glockenhellen Stimme unterbrochen. „... und wir haben hier unsere eigene Königin", sagte diese. „Darf ich mich vorstellen: Königin Sandania, Herrscherin über alle Sandmännchen."

„Potzblitz", ging es mir durch den Kopf, „was für eine imposante Erscheinung." Und hätte ich nicht schon Zaubermaus zu meiner besten Freundin erkoren, so hätte diese Königin mich tatsächlich schwach machen können. Was sollte ich zu meiner Verteidigung sagen, ich war ja auch ... irgendwie ... nur ein Mann.

„Was willst du hier?", fragte mich dieses engelsgleiche Wesen.

„Ich ... ich ... ich!" Herrje, jetzt fing ich auch noch an, zu stottern. Das war mir ja schon ewig nicht passiert.

„Reiß dich zusammen", dachte ich, holte tief Luft und sagte dann: „Ich suche Zaubermaus, meine Freundin. Sie ist vor einiger Zeit einfach verschwunden und ich habe mich auf die Suche nach ihr begeben. Ich war ihr schon ein paar recht nahe, aber noch weiß ich nicht, wo sie sich befindet. Ich hatte gehofft, sie hier auf Holulu zu finden."

Königin Sandania lachte. „Nein, hier wirst du nicht fündig werden. Der alte Seebär, der König der Meere, würde auch eine zweite Frau auf seinem Eiland gar nicht dulden. Er ist schon immer ziemlich genervt davon, dass ich hier unten bei den Sandmännern das Sagen habe. Aber einige von uns kommen immer wieder mal ganz schön rum. Und ich kann mich erinnern, dass vor nicht allzu langer Zeit einer meiner Untertanen davon berichtete, dass er im Wilden Westen auf eine wunderschöne Katzendame gestoßen ist, die sich wohl Zaubermaus oder so ähnlich nannte. Sie hat da für mächtig Wirbel gesorgt und ist keinem Ärger aus dem Weg gegangen. Mehr aber weiß ich dazu nicht. Vielleicht hilft dir dieser Hinweis ja, ich würde mich freuen."

Das musste Zaubermaus sein! Wenn jemand Ärger auf sich zog und sich nirgendwo raushielt, dann war sie es. Wie oft schon hatte ich sie aus brenzligen Situationen holen müssen. Na ja, manchmal sie mich natürlich auch. Es wurde Zeit, sie zu finden, denn sie fehlte mir ganz schön. Mit Zaubermaus Zeit zu verbringen, war nämlich immer wieder spannend.

Gerade als ich mich bei Sandania für ihren Tipp bedanken wollte, gab es einen riesigen Blitz und sie war verschwunden. Das alleine aber wäre noch gar nicht mal so schlimm, aber ich spürte, wie auch ich mich langsam auflöste.

Hilfe!!!! Was passierte hier?

10

Ich hatte mich materialisiert! Hatte ich bislang immer geglaubt, so etwas gäbe es nicht, so musste ich mich nun eines Besseren belehren lassen. Ich hatte mich im Reich der Königin Sandania einfach in Materie aufgelöst ... und als ich nun zu mir kam, war ich nicht mehr am Meer und auch nicht in der Sandstadt und schon gar nicht mehr auf Holulu.

Ich befand mich tatsächlich und leibhaftig am Rande einer Wüste ... wo es jede Menge Sand gab ... und sah mich selbst noch in einer riesigen Staubwolke wieder zu Paul werden. Sollte es möglich sein, dass mich Königin Sandania in Sand materialisiert und mich so auf die Reise in diese Wüste geschickt hatte? Sollte ich ihr jemals wieder begegnen, so würde ich sie auf jeden Fall danach fragen.

Ich sah mich um. Außer ein paar ollen Kakteen und der ein oder anderen Sanddüne sah ich ... nichts! Sand und nichts als Sand. Ich hätte also auch bei Sandania und ihrem Volk belieben können. Doch wo war ich hier? Die Sonne brannte erbarmungslos vom Himmel und so beschloss ich, erst einmal langsam und gemächlich voranzuschreiten.

Ich war noch nicht lange unterwegs, da entdeckte ich ein paar schroffe Felsen mitten in der Landschaft. Ich marschierte auf sie zu und suchte, als ich sie erreicht hatte, Schutz in ihrem Schatten. Was für eine unwirtliche Gegend. Wohin hatte es mich nur dieses Mal verschlagen?

Auf die Antwort musste ich nicht lange warten. Denn als ich nach einer Weile hinter einem der Felsen hervorschaute, sah ich eine wilde Horde Cowboys auf mich zureiten. Das muss man sich mal vorstellen! Echte Cowboys. Die gab es ja sonst nur in Filmen, aber ich hatte sie hier direkt vor mir. Wahnsinn. Wenn nur Zaubermaus das auch erleben könnte!

Als ich genauer hinsah, stellte ich fest, dass die Cowboys einen Gefangenen dabei hatten. Dass es sich bei diesem zwielichtigen Typen wohl um einen Pferdedieb handelte, hörte ich schnell aus dem Geschrei der anderen heraus.

Aber was war das? Als ich noch einmal genauer hinschaute, stellte ich fest, dass dieser Pferdedieb noch ein Kind war. Ein Junge von vielleicht zwölf Jahren. Warum sollte ein Kind Pferde stehlen?

Dann hörte ich, wie der Junge um sein Leben flehte, denn er wusste wohl nur zu genau, welche Strafe auf Pferdediebstahl stand. Er rief vollkommen verzweifelt: „Ich wollte eure Pferde nicht klauen, ich wollte sie mir nur kurz borgen. Bitte, habt Erbarmen mit mir!"

Ich wusste im ersten Augenblick nicht so recht, was ich tun sollte. Sollte ich zusehen, wie sie diesen kleinen Kerl hängten? Oder sollte ich einschreiten, um ihn zu retten? Was würde Zaubermaus an meiner Stelle nun tun?

Nun, die Frage war schnell beantwortet: Zaubermaus würde selbstverständlich diesem Kind helfen, egal, ob es nun wirklich schuldig war oder nicht. Ein Kind knüpfte man nicht so einfach am nächstbesten Baum auf.

Sogleich musste ich mit ansehen, wie die Männer dem Jungen einen Strick um den Hals legten und eines der Enden über den höchsten Ast eines Baumes – der einzige, der weit und breit zu sehen war – warfen. Nicht mehr lange, und der Kleine würde mausetot dort in der Sonne baumeln.

„Halt!", rief ich energischer, als ich eigentlich vorgehabt hatte. „Ihr hängt hier und heute niemanden auf!" Dann hüpfte ich hinter dem Felsen hervor und präsentierte mich in meiner vollen Größe – samt Teufelsschwanz, Heiligenschein und Flügeln sowie einem besonders gefährlichen Funkeln in meinen Augen. Ich war mir sicher, dass sie genau in diesem Moment wieder einmal teuflisch rot leuchteten. Die Cowboys waren so verdutzt über mein Erscheinen, dass sie augenblicklich von dem Jungen abließen und ihn zu mir schickten!

Nun war ich mutig geworden und rief: „Wenn euch euer Leben noch etwas bedeutet, dann steigt auf eure Pferde und reitet davon.“

Bevor sich die Männer auf ihre Pferde schwangen, sagte einer von ihnen: „Wir wissen zwar nicht, wer du bist oder woher du kommst, es sei die aber versichert, dass man sich im Leben immer zweimal trifft.“ Dann gaben die Männer ihren Pferden die Sporen und ritten davon.

Als die Gefahr vorbei war, knöpfte ich mir den Jungen vor, der vor Angst zitterte und mich mit großen Augen ansah. Um ihn etwas zu beruhigen, frage ich erst mal nach dem Namen des Kindes.

Mit leiser Stimme sagte er: „Ich heiß Robby und komme aus Texas. Bitte glaube mir, ich bin kein Dieb. Ich wollte nur einmal auf einem richtigen Pferd sitzen.“ Dann sah er mich von oben bis unten genauestens an. „Aber wer bist du?“

Als auch ich mich vorgestellt und ihm gesagt hatte, in welcher Mission ich unterwegs war, runzelte er die Stirn. „Mhm“, gab er von sich. „Du suchst also deine Freundin Zaubermaus? Ich weiß zwar nicht, wie sie aussieht, aber ich habe vor ein paar Tagen ein seltsames Wesen getroffen, dass sehr viel Ähnlichkeit mit dir, Paul, hatte. Es war allerdings eindeutig keine Maus, sondern wohl eher eine Katze.“

„Du hast meine Zaubermaus gesehen?“, unterbrach ich Robby aufgebracht. „Wie geht es ihr? Wo hast du sie gesehen?“

„Das sind aber mächtig viele Fragen auf einmal“, antwortete Robby. „Und überhaupt, warum sollte ich dir mehr erzählen. Ich weiß ja nicht einmal, ob du wirklich zu den Guten gehörst!“

Nun wurde ich tatsächlich ein wenig böse. „Ich hab dir gerade das Leben gerettet, ohne mich würdest du jetzt dort am Baum baumeln! Und du fragst mich, auf welcher Seite ich stehe? Ist meine Tat nicht genug für dich, um beurteilen zu können, wer oder was ich bin?“

„Ist ja schon gut“, kam es kleinlaut von Robby zurück. „War ja nur mal so eine Frage. Ich glaub dir ja, dass du ein Guter bist.

Dann war diese ... ähm ... beflügelte Katze mit dem Heiligenschein also wirklich deine Freundin? Wie hast du sie genannt? Zaubermaus?"

„Ja, Zaubermaus ist meine Freundin und ich suche sie schon eine ganze Weile", antwortete ich und erwartete, bald mehr über sie zu erfahren.

„So weit ich es damals sehen konnte, ging es deiner Freundin ganz gut", sagte Robby. „Ich muss dich aber enttäuschen, denn ich hab sie tatsächlich nur kurz kennenlernen dürfen."

„Und wo war das? Und wie geht es ihr? Und hat sie auch von mir gesprochen?" Die Fragen sprudelten nur so aus mir heraus.

Robby lächelte. „Sie hat mir da von so einem verrückten Typen erzählt, der sich immer wieder selbst in Schwierigkeiten bringt und sie immer aufpassen muss, dass er alles gut übersteht! Ich nehme mal an, dass sie da wohl von dir gesprochen hat. Tut mir leid für dich, dass ich dir nicht mehr über sie sagen kann. Wir haben uns nur kurz unterhalten, dann hat sie sich verabschiedet und ich habe sie auch nicht mehr gesehen. Ich weiß auch nicht, wohin sie dann gegangen ist oder welche Pläne sie überhaupt hatte."

Ich war enttäuscht ... und glücklich zugleich. Nun wusste ich zumindest, dass es Zaubermaus gut ging und ich ihr immer noch auf den Fersen war. Irgendwie legte sie mir doch immer wieder neue Spuren und ich hoffte sehr, dass sie dies absichtlich tat. Aber warum spielte sie dieses Spielchen mit mir? Wenn sie wollte, dass ich sie fand, konnte sie doch einfach an einem Ort auf mich warten.

Dass sie niemandem auf ihrem Weg erzählte, wohin sie als Nächstes gehen würde, war allerdings typisch für sie. Zaubermaus hatte eben ihren eigenen Kopf und musste immer tun, was ihr gerade richtig erschien. Und sie wollte zurzeit wohl nicht, dass ihr außer mir jemand folgte. Ich war jedoch für jeden noch so kleinen Hinweis dankbar, sagte er mir doch, dass es ihr recht gut ging. Und das war das Wichtigste, alles andere zählte in dieser Lage nicht.

Während ich so meinen Gedanken nachhing, sagte Robby plötzlich: „Wir sollten uns auf Weg machen und von hier verschwinden, denn die Sonne wird gleich untergehen und dann ist es hier am Rand der Wüste bitterkalt. Bis zur nächsten Stadt sind es noch ein paar Meilen. Und da wir leider keine Pferde haben, müssen wir wohl oder übel laufen. Also, lass uns gehen!“

11

Also marschierten der Junge und ich los. Es war ein ganzes Stück bis zur nächsten Stadt und wir liefen eine ganze Weile. Als mir schon die Füße wehtaten, sah ich die ersten Lichter der Stadt und war heilfroh, als wir wenig später dort ankamen.

Aber irgendwie hatte ich mir eine Westernstadt tatsächlich anders vorgestellt. Mit Saloons und rauchenden Colts und sich prügelnden Cowboys, mit Sheriffs und tollen Bardamen. Hier gab es von alledem ... nichts. Es war ruhig und Leute waren auch nicht auf der Straße. Nur ein alter Hund und eine weiße Katze liefen uns über den Weg.

Doch dann entdeckte ich tatsächlich einen Saloon. Er lag ein wenig versteckt in einer der Seitenstraßen und sah schon etwas heruntergekommen aus. Ich ging schnurstracks darauf zu, setzte mich an den Tresen und bestellte für mich ein Bier und für den Jungen ein Glas Milch. Doch anscheinend hörte der Barkeeper schlecht – oder wollte nicht hören –, denn auch, nachdem ich ein zweites Mal meine Bestellung aufgegeben hatte, reagierte er nicht. Erst als ich ein drittes Mal, sehr energisch, ein Bier und ein Glas Milch bei ihm einforderte, drehte er sich langsam zu mir um.

„Rothäute bekommen hier nichts zu trinken", sagte er, ohne mit der Wimper zu zucken.

Ich schaute nach links und nach rechts, doch ich konnte außer Robby und mir niemanden sonst hier entdecken. Dann aber sah ich in den Spiegel, der hinter dem Tresen hing – ich war eine Rothaut und Robby ebenfalls! Hörte das denn nie auf? Immer wieder diese Verwandlungen! Grausam! Ich war der Verzweiflung nahe. Und jetzt schaffte ich es sogar noch, dass sich mein Begleiter ebenfalls verwandelte. Das war mir früher mit Fremden noch nie widerfahren. Ja, wäre Robby jetzt Zaubermaus, dann hätte ich mich nicht gewundert, aber bei einem ganz normalen Jungen ... Wie ging das alles nur vonstatten? War Robby vielleicht ... Aber nein, das war einfach nicht möglich. Ich würde Zauermaus in jeder anderen Person sofort erkennen.

„Hände hoch!", hörte ich plötzlich eine Stimme hinter mir. „Und zwar ganz langsam, damit das mal klar ist!"

Ich drehte mich um und da stand tatsächlich ein waschechter Sheriff mit breitem Grinsen hinter mir. Und das Gesicht kannte ich ...

„Hab ich dir heute nicht gesagt, dass man sich immer zweimal im Leben trifft!"

Ich war total verdattert. Wie konnte das sein? War dieser Typ in der Wüste wirklich hier das Gesetz in Person? Na, das konnte ja heiter werden. „Wir können doch über alles reden", sagte ich. „Mein Freund und ich hier, wir zwei gehen wieder und machen uns auf den Weg in eine andere Stadt. Wie wär's?"

„Nein, damit bin ich ganz und gar nicht einverstanden. Wo möglich befreist du dann gleich den nächsten Pferdedieb! Ne, ne, das gibt es nicht. Ihr folgt mir jetzt mal, klar?", erwiderte er noch immer grinsend.

„Und wo geht's hin, wenn ich das mal so fragen darf?"

„Klappe halten und mitkommen!", schrie der Sheriff jetzt. „Sonst könnte es sein, dass mein Finger aus Versehen den Abzug drückt und ihr mausetot umfallt."

„Schon gut, schon gut", versuchte ich, den Sheriff zu beruhigen. „Wir sind still."

Er führte uns ab und bald fanden Robby und ich uns im Gefängnis wieder.

Robby weinte. „Ich will noch nicht sterben, Paul. Bitte, lass dir etwas einfallen." Er hatte aus dem kleinen, vergitterten Fenster geschaut und gesehen, wie einige Leute dabei waren, einen Galgen aufzubauen.

Auch ich hatte das Treiben da draußen bereits begutachtet, doch mir fiel nichts anderes ein, als: „Oh, das sieht gar nicht gut aus!", zu sagen.

Nach einer ganzen Weile, draußen war es bereits stockfinster, wurde unsere Zellentür aufgeschlossen. „Kommt mit, ihr zwei Halunken", sagte der Sheriff und legte uns Handschellen an.

Mit gefesselten Händen wurden Robby und ich zum Henker geführt, der sich vor dem Galgen stehend schon die Hände rieb. Offensichtlich betrieb er sein mörderisches Handwerk sehr gerne. Mir wurde gleich ganz anders zumute. Hatte wirklich mein letztes Stündlein geschlagen? Ich wusste mir keinen Rat mehr. Verzweifelt rief ich nach meinem teuflischen Vater, aber der meldete sich nicht. Wenn man ihn schon mal brauchte, war er nicht zur Stelle. So ein Mist!

Robby wurde unterdessen immer verzweifelter. Wer konnte es ihm verdenken, er war ja noch so jung. Er weinte und schrie. Aber nichts erweichte den Henker. Ganz im Gegenteil. Er schien einen diabolischen Spaß daran zu haben, seine Opfer vom Hier und Jetzt ins Jenseits zu befördern. Er strahlte uns förmlich an, als er sagte: „Ihr beide seid Pferdediebe. Und auf Pferdediebstahl steht die Todesstrafe. Ihr werdet also gleich vor euren Schöpfer treten."

„Stopp! Wir sind keine Pferdediebe, da liegt wohl eine Verwechslung vor." Das war das Einzige, was mir einfiel.

Niemand reagiert ... oder doch, denn nun trat der Henker auf uns zu und stülpte Robby und mir je einen Kartoffelsack über den Kopf. Ja, mein letztes Stündlein hatte wohl geschlagen.

„Habt ihr noch etwas zu sagen?", hörte ich nun gedämpft die Stimme des Vollstreckers.

Mir fiel nichts ein und auch Robby schwieg. Ich wähnte mich bereits im Himmel, als es plötzlich windig wurde. Ich spürte dies nur daran, dass dieser stinkende Kartoffelsack an meinem Kopf hin und her flatterte. Dann hörte ich Menschen schreien, Dinge durch die Gegend fliegen und mit lautem Krachen zu Boden fallen.

Dass der Wind immer und immer stärker wurde, merkte ich dann letztendlich daran, dass mir dieser elendige Sack durch eine Windböe vom Kopf gerissen wurde und ich nun wieder sehen konnte, was um mich herum passierte: Bäume knickten um wie Streichhölzer, Dächer flogen von den Häusern, Menschen rannten um ihr Leben, Kinder schrien und weinten. Nur Robby und ich standen unbeweglich unter dem Galgen, was ja auch klar war, denn wir hatten die Schlinge um den Hals und die Hände gefesselt, während um uns herum sich alles aufzulösen schien.

Und dann hörten wir sie. Diese unmenschliche Stimme, die zu uns durchdrang und aus einer anderen Sphäre zu kommen schien. „Hängt keine unschuldigen Menschen!“, rief sie immer und immer wieder, so als wolle sie mahnend diese Worte in die Köpfe der Menschen einbrennen. Bald darauf verstummte sie so schnell, wie sie gekommen war, und ein gewaltiger Blitz erhellte den sonst stockschwarzen Himmel.

Wenn es Gerechtigkeit auf dieser Welt gab, dann hatte sie sich gerade gezeigt, denn ich nahm an, dass mein Vater hier ein Machtwort gesprochen hatte. Wie von Zauberhand stand ich plötzlich frei auf diesem Fleckchen Boden. Und da ich es hier ziemlich ungastlich fand, wollte ich mich sogleich auf den Weg machen. Als ich mich zu Robby umdrehte, war er jedoch plötzlich verschwunden. Hatte auch er sich einfach in Luft aufgelöst?

Dann aber kamen wir wieder die Gedanken, die ich erst vor wenigen Stunden gehabt hatte. Was, wenn Robby gar kein Mensch gewesen war? Was, wenn er doch ...

Ich mochte den Gedanken gar nicht zu Ende denken. War ich Zaubermaus wirklich so nahe gewesen, ohne sie zu erkennen? Was war nur mit mir los?

Allerdings wusste ich eins – ich musste hier schleunigst weg. Denn kaum hatte ich mich von all der Aufregung dieses Tages erholt, sah ich aus der Ferne wieder diesen Sheriff auf mich zukommen. Gleichzeitig hörte ich die Stimme, die gerade eben erst allen hier Versammelten einen gehörigen Schrecken eingejagt hatte.

„Hinter dem Saloon steht ein Pferd für dich. Das ist deine Rettunnnngggggg ...“, hallte die Stimme nach. Dann war es still. Ich nahm die Füße in die Hand und spurtete hinter den Saloon.

Noch einmal wollte ich diesem griesgrämigen Gesetzeshüter nicht über den Weg laufen.

Bald sah ich das Pferd, sprang in alter Wildwestmanier auf und gab ihm die Sporen. „Nichts wie weg hier“, war mein letzter Gedanke, als ich aus der Stadt ritte. Und hinein in das nächste Abenteuer, denn als ich auf einmal dichten Nebel vor mir sah, wusste ich sofort, dass etwas passieren würde. Und ich sollte mich nicht täuschen.

Der Nebel wurde dichter und dichter, je näher ich ihm kam. Und ich wurde immer leichter. Schon bald fühlte ich mich fast schwerelos ... und als ich ein helles, weißes Licht vor mir sah, ahnte ich, dass nun etwas ganz Besonderes passieren würde ...

12

Das Licht war so grell, es tat mir in den Augen weh und ich hatte tatsächlich für einen Moment die Angst, zu erblinden. Ich kniff sie zusammen und als ich sie wieder öffnete, stand ein großer, alter Mann vor mir. Seine Haare waren grau und er trug einen langen, weißen Bart. Irgendwie kam er mir bekannt vor. Und dann erinnerte ich mich. Ich war ihm einmal zusammen mit Zaubermaus begegnet, damals, als wir uns gerade erst kennengelernt hatten. Damals nannte er sich Don, der Graue, und war vom Katzengott höchstpersönlich entsandt worden, um uns eine Botschaft zu überbringen. Mal schauen, was er mir dieses Mal zu sagen hatte. Vielleicht hatte er ja wieder eine Botschaft vom Katzengott oder womöglich sogar von Zaubermaus. Ich war gespannt. Damals hatte Don einen großen alten Stab in der Hand getragen, auf dem eine silberne Kugel saß. Und wenn ich mich recht erinnerte, waren wir Don später noch einmal begegnet, da war die Kugel auf seinem Stab schwarz. Dieses Mal fehlte der Stab. Vielleicht hatte er ihn verloren oder irgendwo verlegt, ging es mir durch den Kopf.

Der Alte sah mich nur an. Minutenlang. Er sagte nichts. Langsam wurde mir das ein wenig unangenehm und ich räusperte mich. Das war wohl sein Kommando, denn nun sagte er ein wenig süffisant: „Na, du keine Filzlaus, wir kennen uns doch!“

Ich dachte, ich hätte nicht richtig gehört. Was hatte der Grufti da gerader zu mir gesagt? Filzlaus? Das war unerhört! Gut, damals, als ich ihn das erste Mal gesehen hatte, ja, da war ich wirklich noch ein wenig grün hinter den Ohren gewesen. Doch das war lange her. Das Leben hatte mich ... na ja, weise wäre vielleicht ein wenig übertrieben gesagt ... aber immerhin hatte es mich gelehrt, dem Bösen abzuschwören und auf das Gute zu setzen. Das alles hatte ich Zaubermaus zu verdanken, diesem himmlischen

Wesen. Ach Zaubermaus ... An Don gewandt sagte ich: „Ich sehe dir das nach, was du da gerade gesagt hast. Aber um es dir noch mal in Erinnerung zu rufen: Ich heiße Paul. Einfach nur Paul. Du musst mich also nicht Filzlaus nennen."

Der Alte schmunzelte. „Okay, einfach nur Paul, dann sagen wir es so: Ich kenne dich und habe dich gleich wiedererkannt. Als wir uns das erste Mal trafen, hattest du eine Freundin im Schlepptau. Sie hatte Flügel und einen Heiligenschein und sah aus wie eine Katzendame, was man von dir nun ja nicht behaupten kann. Du stammst doch wohl eher von der dunklen Seite ab, du Maus."

Ich war drauf und dran, diesem Kerl eins mitzugeben. Was sollten seine Beleidigungen?

Noch ehe ich etwas erwidern konnte, frage er mich: „Was suchst du überhaupt hier in meinen Paradies? Ich habe dich nicht eingeladen, zu mir zu kommen, du Eindringling! Hast du dich verirrt oder bist du absichtlich hier?"

Vielleicht war der Alte im Laufe der Jahre ein wenig vergesslich geworden. Ich wollte also mal nicht so sein, immerhin war er ja wirklich nicht mehr der Jüngste. Ich erzählte also auch ihm die Geschichte von Zaubermaus: Dass sie nach ihren letzten Tagen auf der Erde einfach so verschwunden war und ich sie seitdem suchte.

Wider Erwarten hörte der Greis aufmerksam zu. Immer wieder nickte er, fast so, als wolle er das Gehörte bestätigen. Ich dachte mir erst einmal nichts weiter dabei, doch als ich geendet hatte, sagte er tröstend zu mir: „Manchmal scheinen die Dinge auf den zweiten Blick anders zu sein, als man zunächst denkt. Freund ist Feind und Feind ist Freund. Und manchmal sind Dinge, die man verzweifelt sucht, so nahe, dass man sie greifen könnte, wenn man nur sein Herz statt der Augen auf sie richten würde."

Irgendwie kamen mir auch diese Worte bekannt vor. Ich wusste nur nicht, wo ich sie schon einmal gehört hatte.

„Du siehst müde aus, komm zu mir", sagte Don. „Wir essen etwas und dann überlege ich mir, wie ich dir vielleicht weiterhelfen kann."

Ich stimmte ihm zu, denn gegen ein zünftiges Mahl hatte ich beileibe nichts einzuwenden. Der Weg, den wir gingen, war steinig und holprig. Mehr als einmal hätte ich mich fast auf die Schnauze gelegt. Ich fluchte leise vor mich hin, vor allen Dingen als ich sah, wohin mich mein Weg noch führen würde: Dons Haus lag auf einem Berg. Es ging immer steiler und steiler bergan. Und wer jetzt denkt, der Alte hätte Mühe gehabt, diesen Berg zu erklimmen, der täuscht sich gewaltig. Ich dagegen kam ins Japsen und musste immer wieder Pause machen. Herrje, war das steil.

Endlich aber kamen wir auf dem Berggipfel an und was ich da sah, verschlug mir fast den Atem. Vor mir lag ein Schloss so schön und weiß und rein, wie ich zuvor noch keines gesehen hatte. Es hatte vier schneeweiße Türme und eine Zugbrücke führte in das Schloss hinein, die sofort runterging, als Don in die Hände klatsche.

Oh mein Gott, was für eine Pracht! Ich hatte vieles erwartet – eine einfache Hütte, vielleicht ein schönes Haus, aber ein so prachtvolles Schloss, nein, das wäre mir nie in den Sinn gekommen. Die Wände der Eingangshalle waren mit Gold behangen und die Fußböden aus Marmor. Riesige Kronleuchter hingen unter der Decke und hüllten alles in warmes Licht ein.

Doch das Erstaunlichste waren die Fenster in diesem Raum. Durch die blickte man nämlich nicht nach draußen, sondern eher nach innen – denn jedes Fenster schien eine Geschichte zu erzählen. Eine Geschichte von dem langen Leben, das bereits hinter dem alten Mann lag. Man sah Kinder und schöne Frauen. Man sah ihn mit Rittern und Drachen kämpfen. Er war jung und stark, doch je mehr Fenster ich abschritt, desto älter wurde er.

„Du hast in all den Jahren viel erlebt“, sagte ich voller Ehrfurcht zu Don und er stimmte mir lächelnd zu.

„Ja, das hab ich. Meist ging es dabei um Leben und Tod. Und ich hatte immer Glück, weil ich die richtigen Freunde hatte. Ansonsten wäre ich nicht so weit gekommen.“

Wir gingen von Fenster zu Fenster, als ich plötzlich eines erblickte, das mir so verdammt bekannt vorkam. Also nicht das Fenster, sondern die Geschichte, die sich darin spiegelte. Zaubermaus und ich, in hellem Licht. Milli, meine Gattin, an meiner Seite. Unsere Kinder. Brummi und Pu. Ja, das war der Tag gewesen, an dem ich Don das erste Mal begegnet war. Aber damals war es noch nicht um Leben und Tod gegangen, wenn ich mich recht erinnerte. Nach diesem Fenster kam kein weiteres mehr, das eine Geschichte erzählte. Ich sah Don fragend an.

„Meine und unsere gemeinsame Geschichte ist noch nicht zu Ende erzählt", sagte er geheimnisvoll. „Ach, dein und Zaubermaus' Fenster ist noch nicht ganz fertig ..."

Ich wollte mehr wissen, erfahren, was seine geheimnisvollen Worte zu bedeuten hatten, doch Don schwieg beharrlich. Das Einzige, was ich ihm noch entlocken konnte, war: „Alles hat seine Zeit."

Nach dem Essen verabschiedete Don sich von mir. „Ich bin alt und müde, ich werde ein wenig ruhen", sagte er. „Wir werden uns wiedersehen. Bis dahin wünsche ich dir alles Gute." Er drehte sich um und ging seiner Wege.

Was aber sollte ich nun tun? Mich auch schlafen legen? Nö, dazu hatte ich keine Lust und müde war ich auch nicht. Also beschloss ich, mich alleine auf den Weg zu machen, um zu schauen, was es mit diesem geheimnisvollen, ja fast magischen Schoss auf sich hatte.

Ich ging von Gang zu Gang, vom Keller bis zum Dachboden, öffnete jede Tür und schaute hinein. Doch so prachtvoll wie das Schloss von außen und auch in der Empfangshalle auch erschienen war, die anderen Gänge und Räume waren doch sehr spartanisch eingerichtet. Ich war enttäuscht, hatte mir etwas ganz anderes vorgestellt.

Als ich am letzten Zimmer, das ich noch nicht gesehen hatte, ankam, wollte ich schon dran vorbeigehen, aber eine innere Stimme sagte mir, ich sollte das besser nicht tun. Also öffnete ich auch diese Tür.

Der Raum war vollkommen leer, nur ein goldener Spiegel hing an der Wand, der sofort meine Aufmerksamkeit auf sich zog. Ich ging näher an ihn heran und bewunderte seine Pracht und Schönheit.

Natürlich sah ich mich selbst auch in dem Spiegel, aber das wunderte mich zuerst nicht. Nur als ich nach einer Weile bemerkte, dass mein Spiegelbild offensichtlich ein Eigenleben führte, war ich ziemlich erstaunt. Denn statt genau spiegelverkehrt das zu tun, was ich selbst tat, machte mein Spiegelbild, was es wollte: Es zog Grimassen, hüpfte auf einem Bein und dann winkte es mir zu.

Verdutzt sah ich mich selbst im Spiegel an. Was hatte das nun wieder zu bedeuten? Ich winkte also zurück, doch mein Spiegelbild wurde immer unruhiger. Als ich versuchte, das Spiegelglas zu berühren, geschah etwas Seltsames ... eine unbekannte Macht zog auf die andere Seite des Spiegels und mitten hinein in mein nächstes Abenteuer.

13

Auf der anderen Seite des Spiegels wartete ich auf mich selbst. Das war vielleicht ein komisches Gefühl! Als hätte man gerade einen Zwillingsbruder bekommen. Na ja, zwei Pauls – wer konnte die schon aushalten.

„Da bist du ja endlich", begrüßte mich mein Spiegelbild. „Hab schon auf dich gewartet!"

„Hallo", grüßte ich zurück. „Warum hast du auf mich gewartet? Und wer bist du überhaupt?"

„Ich bin Paul", sagte mein Spiegelbild. „Und warum ich auf dich gewartet habe, erfährst du später. Komm jetzt!"

Paul, Paul, Paul. Ich war Paul und nicht der da! Was bildete sich mein Spiegelbild überhaupt ein, zu behaupten, es sei ich. Da mir aber nichts anderes übrig blieb, folgte ich diesem Paul, der bereits losgelaufen war.

Er hatte seinen Blick zum Boden gerichtet und es machte fast den Eindruck, als würde er nach imaginären Fußspuren schauen, die aber tatsächlich nicht zu sehen waren.

Ich schätze mal, dass wir etwa eine Stunde durch die Gegend irrten, bis dieser Paul vor einer großen Höhle stehen blieb, die von einem riesigen Felsbrocken versperrt war. Dann drehte er sich zu mir um und sah mich an ... Oder sah ich mich selbst an? Wie dem auch sei, er sagte zu mir: „Wie sind hier im Land der Doppelwesen. Jeder, der auf der einen Seite des Spiegels lebt, lebt auch auf der anderen Seite des Spiegels. Jeder von uns ist die Hälfte, nur zusammen sind wir eins. Eigentlich begegnen sich diese beiden identischen Wesen im wahren Leben nicht. Bei uns beiden aber ist das anders, denn ich brauche deine Hilfe." Paul sah mich groß an. „Hör zu, Paul", fuhr er dann fort. „Ich weiß, dass du auf der Suche nach Zaubermaus bist. Und überhaupt, ich weiß auch alles andere über dich ..."

Ich unterbrach ihn. „Wenn du alles von mir weißt, warum weiß ich dann nichts von dir?"

„Das muss dich jetzt nicht interessieren", sagte der andere Paul. „Irgendwann wirst du es schon erfahren."

Ich war baff. So ein blöder Kerl. Warum beantwortete er mir meine Fragen nicht? Ich probierte es gleich noch einmal.

Und er antwortete: „Das muss dich jetzt nicht interessieren. Irgendwann wirst du es schon erfahren."

Hatte man den aufgezogen wie ein Stehaufmännchen? Oder warum gab er immer die gleich Antwort? Ich fragte also noch einmal, warum ich nichts von ihm wusste.

„Das muss dich jetzt nicht interessieren. Irgendwann wirst du es schon erfahren", erhielt ich als Antwort.

Hier stimmte doch etwas nicht! Nun gut, wenn ich so nicht weiterkam, wollte ich wenigstens wissen, warum er, wie er angedeutet hatte, meine Hilfe benötigte.

„Du musst den Stein, der vor dieser Höhle liegt, mit deiner Hand berühren, dann gibt er den Eingang zur Höhe frei", bekam ich von meinem Spiegelbild zur Antwort.

Ob sich dahinter wohl Zaubermaus verbarg? Und warum legte dieser seltsame Vogel nicht selbst seine Hand auf den Stein, wenn es doch quasi ich war? Mir war es jetzt allerdings zu blöd, ihn wieder nach einem Warum zu fragen, darum ließ ich es. Stattdessen legte ich meine Hand auf den Stein und dieser riesige Felsbrocken bewegte sich tatsächlich ganz langsam zur Seite. Es dauerte jedoch eine gefühlte Ewigkeit, bis er den gesamten Höhleneingang freigegeben hatte und Paul und ich in die Höhle schlüpfen konnten.

Viel sehen konnte ich nicht, denn es war dunkel hier. Ich orientierte mich also an dem anderen Paul und folgte ihm weiter in die Höhle hinein, die sich schließlich zu einem großen Höhlensaal hin öffnete. Offensichtlich konnte er besser im Dunkeln sehen als ich.

Genau in der Mitte des steinernen Saals war oben in der Höhlendecke ein großes Loch, durch das nun die Sonnenstrahlen ins

Innere fielen – und ihre Strahlen auf ein goldenes Schwert lenkten.

„Da hol mich doch der Teufel“, kreischte ich vor lauter Begeisterung und ließ mein Spiegelbild für einen Moment aus den Augen.

Das hätte ich vielleicht nicht tun sollen, denn als ich mich von meinem Erstaunen erholt hatte, sah ich mich nach dem anderen Paul um, der sich plötzlich total verändert hatte. Irgendwie sah er zwar noch immer aus wie ich selbst, aber sein Gesicht war zu einer bösartigen Fratze verzogen.

„Zieh das Schwert!“, rief er plötzlich. „Oder willst du als Feigling sterben?“

„Hast du sie noch alle?“, fragte ich entgeistert zurück. Was für eine absurde Situation. Ich stand mir selbst Auge in Auge gegenüber und forderte mich selbst zu einem Schwertkampf heraus.

Mein Spiegelbild schien jedoch nicht zum Scherzen aufgelegt zu sein und hielt plötzlich ebenfalls ein Schwert in Hände. „Wähle deine Waffe“, schleuderte es mir entgegen.

„Ich will nicht kämpfen!“, rief ich.

„Du musst“, kam zurück.

So blieb mir also nichts anderes übrig, als zu diesem goldenen Schwert zu gehen und es zu erheben, was gar nicht so einfach war, wie ich gedacht hatte, denn es steckte fest im Boden.

Doch als ich es dann endlich in Händen hielt, fühlte ich eine wahnsinnige Stärke von ihm ausgehen. Ich hätte damit jeden besiegen können, aber zuerst musst nun natürlich mein Spiegelbild dran glauben. Hatte es mich doch zu diesem absurden Duell herausgefordert.

Als ich mich zu ihm umdrehte, um ihm zu sagen, dass ich bereit sei für den Kampf, war es verschwunden ... Da hatte ich noch einmal Glück gehabt! Trotzdem beschloss ich, auf der Hut zu bleiben, man wusste ja nie, ob man nicht doch aus dem Hinterhalt angegriffen wurde.

Nun wollte ich mich aber erst einmal mit diesem hübschen Teil in meinen Händen beschäftigen. Ich besah das Schwert von allen

Seiten und stellte fest, dass es das Zeichen meines teuflischen Vaters trug. Wahrlich ein Gruß aus der Hölle also. Hatte er mir vielleicht auch diesen ominösen Doppelgänger aufs Auge gedrückt?

Ich musste nicht lange auf die Antwort warten, denn plötzlich hörte ich eine mir wohlbekannte Stimme durch den Raum hallen. „Mein Sohn“, sagte sie, „ich freue mich, dich hier zu sehen. Es scheint dir gut zu gehen, du bist ein wenig fett geworden.“

Das war ganz mein Vater. So kannte ich ihn. Immer eine Nettigkeit auf den Lippen. „Danke für das Kompliment“, gab ich zurück. „Dann verrate mir auch noch, was das alles hier soll?“

„Lass dich nicht täuschen und sei immer auf der Hut. Nicht jeder, der es vorgibt, ist wirklich dein Freund. Und mancher Feind wird dir näher stehen, als du denkst. Du hast heute einem Freund vertraut, weil du dachtest, er sei so wie du. Aber dein Spiegelbild war nur deine andere Hälfte. Gut oder böse. Du entscheidest, welchen Weg du gehen willst.“

Der Teufel räusperte sich. „Hätte dich früher jemand zu einem Kampf herausgefordert, so hättest du blind drauflosgeschlagen. Heute hast du nachgedacht und damit das Böse vertrieben. Glaube mir, denn ich bin dein Vater, dein Spiegelbild hätte nur zu gerne mit dir gerungen, wenn du noch immer der Paul gewesen wärst, der du einst warst, als du mich verlassen hast. Aber du scheinst viel gelernt zu haben. Mach weiter so.“

Ich wollte ihm gerade antworten, doch genau in diesem Moment gab es einen großen Blitz. Und auch mein Vater, den ich immer wieder rief, ließ sich nicht mehr vernehmen. Ich beschloss, zum Eingang der Höhle zurückzukehren ...

14

Doch das war gar nicht so einfach, denn ich kannte mich hier nicht aus und es war stockenduster um mich herum. Ich irrte mal in diese Richtung, mal in jene. Hangelte mich von Felswand zu Felswand, stolpert, fiel hin ... und sah plötzlich ein kleines Licht auf mich zukommen. Beim Näherkommen sah ich, dass es sich um ein Glühwürmchen handelte. Genau so ein kleines Tierchen hatte Zaubermaus und mir schon einmal geholfen, deshalb atmete ich erleichtert auf, als sich das Glühwürmchen nun in der Luft vor mich hinstellte und mit dem Kopf nickte.

„Na, Paul“, sagte es, „wieder mal verirrt?“ Dann lachte es ansteckend, dass ich trotz meiner unangenehmen Lage gleich mit einfiel.

„Ja, wie du siehst, stecke ich mal wieder im Dunkeln fest. Kannst du mir helfen?“

Das Glühwürmchen nickte und machte sich auf den Weg. Ich nahm an, dass es den Weg zum Ausgang kannte, deshalb lief ich ihm einfach hinterher.

Nachdem wir eine Weile gelaufen waren, blickte es sich zu mir um und sagte: „Wir müssen nur ein wenig aufpassen, denn dieser andere Paul, dein Spiegelbild, versteckt sich vielleicht noch in einem der Felsvorsprünge und wartet nur darauf, uns zu überfallen.“

„Woher weißt du von ihm?“, frage ich zurück.

„Ich weiß es eben“, sagte das Glühwürmchen kurz und bündig.

„Schon wieder so ein Kerl, der mir meine Fragen nicht beantwortet“, schoss es mir durch den Kopf und ich ballte meine Faust in der Hosentasche, um nicht unhöflich zu werden.

Wir liefen und liefen – viel länger als auf dem Hinweg – und kamen erst nach einer gefühlten Ewigkeit am Höhlenausgang an. Als ich das Tageslicht wieder sehen konnte, verabschiedete sich das Glühwürmchen von mir und ich stand erneut auf verlorenem Posten. Ich war nur froh, dass mir dieser andere Paul nicht noch einmal begegnet war, denn ich hätte tatsächlich keine Lust auf eine Auseinandersetzung mit ihm gehabt.

Was aber sollte ich nun tun? Wohin sollte ich gehen?

Ich schaute mich nach dem goldenen Spiegel um, durch den ich hierhergekommen war, doch der war nicht mehr zu sehen. Auch sonst sah man – nichts, außer einer grauen Nebelwand, die mit einem Mal vor mir aufzog.

Je dichter der Nebel wurde, desto kälter wurde es um mich herum. Irgendwann war es so kalt, dass ich dachte, ich müsste jeden Moment erfrieren. Das goldene Schwert, das ich noch immer in der Hand trug, war schon fast an mir festgefroren, also beschloss ich, mich in den Nebel zu stürzen und mein Glück wieder einmal herauszufordern.

Als es dann aber auch noch zu regnen begann, war ich der Verzweiflung nahe. Ich stolperte weiter durch die dichte Nebelwand, als sich nach einer Weile ein helles Licht vor mir auftat. Ich ging schnurstracks darauf zu und kam schließlich an einer alten, halb verfallenen Hütte an.

Ich zögerte nicht, klopfte an die Tür und hoffte inständig, dass mir irgendjemand öffnen würde. Doch nichts geschah, also klopfte ich noch einmal, dieses Mal etwas kräftiger. Es schien niemand da zu sein. Ich drückte also die Türklinke herunter und die Tür sprang auf. Was für ein Glück! Zudem war ich angenehm überrascht, wie sauber und aufgeräumt es hier war, obwohl es von außen einen ganz anderen Eindruck gemacht hatte. Im Kamin knisterte sogar ein schönes Feuer, das eine wohlige Wärme ausstrahlte. Ich setzte mich auf das Sofa, das ganz in der Nähe des Kamins stand und wärmte mich auf. Oh, tat das gut! Und dann musste ich wohl eingeschlafen sein, denn als ich die Augen aufschlug, stand ein Mann vor mir, den ich nicht kannte.

Freundlich lächelte er mich an und sagte: „Na, gefällt es dir hier?“

Ich nickte nur.

„Das habe ich mir schon gedachte“, erwiderte der Fremde, „denn du hast so tief und fest geschlafen, dass man neben dir einen Baum hätte fällen können, ohne dass du es bemerkst.“ Er gluckste: „Außerdem schnarchst du wie ein riesiger Bär!“

Ich musste grinsen. „Ich war halt müde“, antwortete ich. „Ich bin übrigens Paul. Und wer bist du?“

„Tobi“, entgegnete er, „Wächter des Nebels und Freund aller Verirrten. Was führt dich zu mir?“

„Tja, wie soll ich das erklären“, sagte ich. „Ich stieg durch einen goldenen Spiegel, kam in eine Höhle, fand ein Schwert und verirrte mich schließlich im Nebel. Dann entdeckte ich das Licht und betrat deine Hütte. Mehr gibt es eigentlich dazu nicht zu sagen“, gab ich bereitwillig Auskunft.

„Das kann aber nicht der wahre Grund sein, warum du hier bist“, sagte Tobi.

Ich überlegte. Was konnte er nur meinen? Und dann fiel es mir wie Schuppen von den Augen. „Ich bin auf der Suche nach ...“

„... Zaubermaus“, unterbrach er mich und ich sah ihn erstaunt an. Woher wusste er das? Konnte Tobi hellsehen?

„Nein, ich kann nicht hellsehen“, schien Tobi meine Gedanken lesen zu können. „Aber Zaubermaus war vor einigen Tagen hier. Und sie hat viel von dir gesprochen. Als ich dich vorhin auf meinem Sofa liegen sah, habe ich sofort an sie denken müssen, denn sie hatte erzählt, dass sicherlich bald ihr Freund Paul bei mir auftauchen würde. Und da sie dich so treffend beschrieben hat, habe ich dich gleich erkannt.“

Ich war so froh, diese kleine Geschichte zu hören, dass ich Tobi am liebsten umarmt hätte. Aber das ließ ich natürlich sein und sagte: „Weißt du zufällig, wohin Zaubermaus wollte oder welchen Weg sie eingeschlagen hat?“

Tobi überlegte einen kurzen Augenblick. Dann sah er mich an. „Ich nehme an, dass ich dir vertrauen kann“, sagte er. „Zaubermaus hat mich gebeten, dir nicht zu sagen, wo sie ist, aber sie hat mir nicht verboten, die ein paar Hinweise zu geben, wie du sie finden kannst. Also höre zu ...“

Und dann erzählte er mir alles, was er über Zaubermaus, ihr Verschwinden und ihr Ziel wusste. Und das war weitaus mehr, als ich selbst wusste. Ich war erstaunt. Zaubermaus war offensichtlich nicht zufällig entschwunden, sondern um mich auf einen neuen Weg zu leiten. Welcher das ein sollte, wusste Tobi auch nicht. Aber er verriet mir noch, dass ich ein bestimmtes Wurmloch in seiner Hütte finden müsse, um meinen Weg fortsetzen zu können. Also machte ich mich auf die Suche.

Ich suchte und suchte, doch ich fand rein gar nichts. Tobi stand neben mir und sagte irgendwann: „Das Gute ist oft so nah.“ Dann blicke ich zu Boden und sah es – das winzig kleines Wurmloch eines Holzwurms. Ich bückte mich und berührte es und dann geschah wieder einmal etwas Unglaubliches: Unter Tobi und mir begann die Erde zu beben und das Wurmloch, gerade noch winzig und klein, öffnete sich zu einem großen Spalt. Wurde größer und größer ... und sog uns schließlich in sich auf.

15

Wie ein Schlund verschluckte uns der Riss und zog uns in die Tiefe. Wir rutschten hinab, so viel konnte ich spüren, aber ich wusste natürlich nicht, wohin uns dieser Weg führen würde. Ich krallte mich an Tobi fest, der größer war als ich, und hoffte durch ihn auf Rettung. Doch eine ganze Zeit lang passierte gar nichts, außer, dass wir weiter und weiter in den Höllenschlund glitten. Denn inzwischen war ich mir sicher, dass wir genau da, nämlich in der Hölle, landen würden. Denn es wurde, je weiter wir nach unten kamen, wärmer und wärmer. Ich war diese Hitze aus dem Hause meines Vaters ja gewohnt, sah aber, dass Tobi mächtig ins Schwitzen geriet. Nun stand außer Frage, dass ich wohl ihn und nicht er mich retten musste.

So suchte ich nach einer passenden Gelegenheit, um diesen Sturz zu beenden. Bald sah ich einen kleinen Vorsprung, machte Tobi darauf aufmerksam und bei: „Eins, zwei, drei ...“, sprangen wir gleichzeitig in die Höhe und landeten schließlich sicher auf diesem Vorsprung.

Und das gerade im letzten Moment, denn kaum, dass wir uns ein wenig umgesehen hatte, erkannte ich in der Tiefe unter uns einen rot glühenden Lavastrom, dem wir nicht lebendig entkommen wären, wären wir dort wirklich hineingestürzt.

Tobi sah mich erleichtert an: „Da haben wir zwei ja noch mal Glück gehabt, sonst wären wir dort unter ganz schön geröstet worden.“ Er lächelte bereits wieder.

Wenn ich auch im ersten Moment bei unserer Rutschpartie gedacht hatte, wir würden geradewegs im Höllenreich meines Vaters landen, so war ich mir ziemlich sicher, dass dieser Lavastrom nicht seinem Reich entsprang, denn in einem so gewaltigen Ausmaß, das wusste ich genau, konnte selbst der Teufel keine Lava produzieren. Da mussten andere Dingen hinterstecken.

Auf dem Vorsprung waren Tobi und ich zunächst in Sicherheit. Aber natürlich konnten wir hier auch nicht bis zum Sankt-Nimmerleins-Tag sitzen bleiben. Also versuchte ich, einen anderen Ausgang zu finden. Nach oben konnten wir nicht, das war zum Hochklettern zu steil. Nach unten aber konnten wir ebenfalls nicht, denn dann hätte uns die Lava den Garaus bereitet. Rechts und links des Vorsprungs zeigte sich eine Art wabbelnde Masse, die keinen Halt bot, denn ich hatte bereits versucht, in sie hineinzugreifen. Blieb uns also nur die Möglichkeit, nach hinten auszuweichen.

Und das gelang uns auch. Langsam, Schritt für Schritte, bewegten wir uns nach hinten und hofften darauf, nicht in einer Sackgasse zu landen, denn das hätte ebenfalls unser Ende bedeutet.

Doch dieses Ende schien noch niemand für uns bestimmt zu haben, denn nachdem wir einige Zeit immer weiter rückwärts gegangen waren, kamen wir an eine Art Portal.

„Wagen wir es?", fragte ich Tobi und er nickte.

Also traten wir gemeinsam hindurch und standen plötzlich inmitten einer gläsernen Kugel. Ich kam mir vor wie das Sandkorn in einer Eieruhr. Langsam hatte ich die Nase voll von diesen ganzen merkwürdigen Abenteuern, in die ich ständig geriet. Wenn Zaubermaus in der Nähe war, sollte sie sich endlich zeigen und nicht diese blöden Spielchen mit mir spielen.

Ich war schon innerlich ziemlich aufgebracht, als ich etwas Schleimiges an der äußeren Wand der Glaskugel herunterlaufen sah. Wie eklig! Sogleich machte ich Tobi darauf aufmerksam, der sich ebenfalls irritiert schüttelte.

„Bah", sagte er angewidert. „Was ist das denn?"

Dann entdeckten wir das Wesen, das seinen Sabber auf die Glaskugel spuckte – eine riesige Kobra schaute auf uns herab – und nun kam ich mir wirklich wie dieses eine kleine Sandkorn vor. Ich hatte auf meinen Reisen durch die Welt zusammen mit Zaubermaus oder alleine schon so manches merkwürdige Wesen gesehen und kennengelernt – aus dieser Welt oder aus der jenseitigen. Aber eine Schlange solchen Ausmaßes wie die, in deren Glaskugel wir gelandet waren, noch nicht. Ich wollte auf jeden Fall mehr über diese Kobra erfahren und bemühte mich, ein Gespräch mit ihr zu beginnen, was gar nicht so einfach war, denn ich musste wahnsinnig brüllen, da die Glaskugel den Hall meiner Stimme nur sehr gedämpft weitertrug.

Aber die Schlange schien mich zu verstehen. „Du bist hier im Kobravulkan, meine Freunde sind nicht weit von hier entfernt", hörte ich sie sagen.

Gab es etwa noch mehr von diesen Wesen? Ich konnte mich nur noch wundern „Wie kommen wir aus dieser Glaskugel raus?", fragte ich die Schlange.

Über den Schlangenkopf zog sich ein breites Grinsen. „Gar nicht", antwortete sie. „Ich habe dich und deinen Kumpel in meiner Kugel gefangen, damit ich mit euch spielen kann."

Heilige Scheiße. Nicht schon wieder! Ich zog die Augenbrauen hoch und blickte Tobi an, der die ganze Zeit über noch nichts gesagt hatte.

„Und ich dachte, die Kugel wäre unsere Rettung", presste er nun heraus.

„Das dachte ich auch", flüsterte ich ihm zu. Man konnte ja nie wissen, ob diese Kobra einen nicht doch hören konnte.

„Und was machen wir jetzt?"

„Ich weiß es nicht!" Und ich wusste es tatsächlich nicht. Vielleicht war es erst einmal gut, abzuwarten, was nun passierte. Wirklich bösartig sah die Kobra nicht aus und sie schien auch ihre Freude an uns zu haben, denn sie hatte unsere Glaskugel inzwischen in ihr großes Schlangenmaul genommen und schlängelte mit uns durch hohes Gras. Wohin sie uns wohl bringen würde? Das erfuhren Paul und ich bald, denn es tauchten immer mehr Kobras vor uns und neben uns und hinter uns auf. Wir waren hier also in eine richtige Schlangengrube hineingeraten. Wie sollten wir da nur wieder herauskommen?

Auch in den nächsten Tagen fanden wir keine Lösung für dieses Problem. Wir saßen in der Glaskugel wie in einem Vogelkäfig fest und wurden von der Kobra wie ein Haustier gehalten. Sie gab uns regelmäßig zu essen und zu trinken. Und sie spielte mit uns, indem sie und ihre Freunde sich immer wieder die Glaskugel zuwarfen.

Wäre ich nicht so freiheitsliebend gewesen, hätte ich mich vielleicht an dieses träge Leben gewöhnen können, denn ich musste hier ja nun wirklich nichts tun. Ich hatte aber auch nicht das Gefühl, dass von der Kobra eine Gefahr ausging. Tobi und ich waren ihr Spielzeug und sie hatte wohl nicht vor, uns aufzufressen.

Wir beide hatten schon einige Male überlegt, wie wir der Glaskugel entkommen konnten, aber uns war nichts Überzeugendes eingefallen. Selbst mein goldenes Schwert war hier nicht zu gebrachten, denn das Glas war so dick, dass selbst das Schwert ihm nichts anhaben konnte.

Eines Tages nahm uns die Kobra wieder einmal mit auf eine Wiese. Sie und ihre Freunde warfen sich die Glaskugel zu, fingen sie und vertrieben sich so ihre Zeit. Als die Schlangen des Spiels überdrüssig waren, legten sie die Kugel ins Gras und beschäftigten sich mit andern Dingen.

Tobi und mir war durch dieses ganze Rumgewerfe ein übel geworden, sodass wir beschlossen hatten, uns ein wenig hinzulegen und uns auszuruhen. Als ich nun so relativ entspannt auf dem Boden der Kugel lag, sah ich in den Himmel. Weiße Schäfchenwolken tanzten dort an blauen Himmel und alles hätte so schön sein können, wenn Tobi und ich nicht gefangen gewesen wären.

Ich lag schon eine ganze Weile träumend rum, als sich mein Blick plötzlich verfinsterte. Zuerst konnte ich nicht erkennen, was sich dort über die weißen Wolken geschoben hatte – und ich ging wieder einmal von einem heftigen Gewitter mit Blitz und Donner aus –, doch als ich genauer hinsah, erkannte ich einen großen schwarzen Vogel mit riesigen Schwingen, der zunächst über der Schlangenwiese kreiste, aber sich dann immer weiter und weiter nach unten sinken ließ, um schließlich seine Runden über Tobi und mir in der Gaskugel zu drehen.

In mir stieg Panik auf. Würde uns dieser Riesenvogel aus der

Glaskugel picken, wären wir des Todes. Daran hatte ich keinen Zweifel. Ich machte Tobi, der die Augen schon eine Zeit lang geschlossen hatte, auf die drohende Gefahr über uns aufmerksam.

Obwohl er nichts sagte, erkannte ich sofort, dass er große Angst hatte. Auch ihm war wohl gerade bewusst geworden, welche Gefahr von diesem Vogel ausging.

16

Hatte ich erst noch gehofft, dieser schwarze Vogel würde bald sein Interesse an uns verlieren, musste ich mich schon bald eines Besseren belehren lassen. Anstatt sich wieder in die Lüfte zu erheben, landete der Vogel direkt neben der Glaskugel und fing an, darauf rumzuhacken. Ich versuchte, die Kobras auf uns aufmerksam zu machen, aber die waren weit und breit nicht mehr zu sehen. Die hatten sich einfach aus dem Staub gemacht, um Tobi und mich dem Schicksal zu überlassen.

Durch das kräftige Picken dieses mächtigen Greifs wurden Tobi und ich in unserer Kugel ganz hin und her geworfen. Inzwischen konnte ich ein kleines Loch in der Glashülle erkennen und hoffe, unsere schützende Schale würde noch ein wenig halten, bis vielleicht doch noch Hilfe um die Ecke kam.

Der Vogel beschäftigte sich eine ganze Weile mit uns und der Kugel, aber das Loch, das er in die Schale gepickt hatte, wurde nicht größer. Ich wähne mich schon in Sicherheit, da packte der Gefiederte die Glaskugel mit seinen Krallen und erhob sich mit Tobi, der Kugel und mir in die Lüfte.

Schnell stieß ich ein Stoßgebet gen Himmel und bat darum, diese Sache gut ausgehen zu lassen. Stunde um Stunde flog der Vogel mit uns durch die Lüfte. Unter uns hatte sich die Landschaft längst verändert. Hatten die Kobras in einem Tal zwischen zwei Bergen gelebt, so flogen wir inzwischen über eine weite Ebene, die nur hin und wieder einen kleinen Wald oder Teich, vor allen Dingen aber viele bestellte Felder zeigte.

Als ich schon glaubte, dieser Flug würde niemals enden, setzte der Vogel zur Landung an. Unter uns konnte ich eine grüne Wiese erkennen. Doch ehe er dort aufsetzte, ließ er die Kugel samt Tobi und mir aus nicht allzu hoher Höhe fallen – und die Glaskugel zerbarst beim Aufprall auf den Boden in tausend Teile.

Wir hatten unsere schützende Hülle verloren und – da war ich mir ganz sicher – würden jetzt sicherlich als Vogelfrühstück enden.

Tobi sah mich an. „Was passiert hier gerade mit uns?“, fragte er mich, doch ich wusste es nicht und konnte nur mit dem Kopf schütteln. Tobi und ich sahen inzwischen sehr ramponiert aus und hatten bei dem Aufprall auch noch ein paar leichte Schnittwunden erlitten. Doch Schlimmeres war uns nicht passiert.

Ich versuchte, unauffällig nach dem Vogel zu sehen, der gerade neben der zerbrochenen Kugel gelandet war. Da hätte er ja auch uns eine sanftere Landung als die eben zugestehen können. Um allem Unglück vorzubeugen, sprach ich zu dem Vieh: „Tobi und ich, wir sind ziemlich zäh. Wir schmecken nicht! Such dir besser eine andere Beute.“

Zuerst sah mich der große Vogel überrascht an, dann brach er in schallendes Gelächter aus. Er lacht und lachte, hielt sich irgendwann den Bauch und sagte, nachdem er sich beruhigt hatte: „Ich bin Vegetarier. Und ich habe ganz bestimmt nicht vor, euch zu verspeisen.“

„Was willst du dann mit uns machen“, frage ich neugierig zurück. „Ein paar Spielchen spielen? Uns noch mal aus der Luft zu Boden plumpsen lassen? Hä? Was hast du vor?“

Mein Gegenüber wurde ernst. „Ein bisschen mehr Dankbarkeit könnte nicht schaden“, sagte der Vogel und blickte mich streng an. „Ich habe nie vorgehabt, dich oder deinen Kumpanen“, er zeigt auf Tobi, „aufzufressen oder zu töten. Und bevor du mir gleich dumme Fragen stellst: Ich habe euch nur das Leben gerettet.“

„Das Leben gerettet, das Leben gerettet“, wiederholte ich abschätzig. „Wir waren zwar nicht gerade in der besten und schönsten Umgebung bei den Kobras. Aber Gefahr ging von denen nun wirklich nicht aus. Man hätte sich sogar an das Leben in dieser schnöden Glaskugel gewöhnen können.“

„Oje, ich sehe schon, du hast keine Ahnung“, antwortete der Vogel. „Du denkst, ihr wart nur Spielzeug für die Schlangen?

Wenn du dich da mal nicht täuschst. Die hätten euch zwei so lange gemästet, bis ihr dick und fett geworden wärt, dann hätten sie euch der Kobrakönigin als Festmahl serviert. Denn es kommt nicht oft vor, dass sich ein Mensch und eine sprechende Maus ins Land der Kobras verirren. Das könnt ihr mir auch glauben."

Nun schaute ich ein wenig bedröppelt aus der Wäsche. Ich hatte mit allem gerechnet, aber nicht damit, im Kochtopf einer Schlange zu landen. Dann sah ich an mir herab – ja, ich hatte tatsächlich in Zeiten der Gefangenschaft so einige Kilos zugelegt. Und auch Tobi war nicht unbedingt schlanker geworden.

„Nun, in dem Fall muss ich mich wohl bei dir bedanken, dass du uns gerettet hast", gab ich kleinlaut zu. „Bitte, nichts für ungut. Das, was ich vorhin gesagt habe, habe ich nicht wirklich so gemeint."

„Schon klar", antwortete der Vogel. „Aber vielleicht solltest du dir doch hin und wieder einmal ins Gedächtnis rufen, dass nicht jeder Freund ein Freund und nicht jeder vermeintliche Feind ein Feind ist!"

Diesen Spruch hatte ich bei meiner Suche nach Zaubermaus bereits mehrfach gehört, vielleicht sollte ich ihn wirklich einmal etwas mehr beherzigen. Ich bedankte mich also noch einmal überschwänglich bei meinem neuen Freund, der sich sodann in die Lüfte erhob und fortflog.

17

„Was machen wir jetzt?“, fragte Tobi. Und seine Frage war durchaus berechtigt, denn wir saßen hier mitten in der Prärie fest – weit und breit keine Menschenseele zu entdecken.

„Ich weiß es nicht, aber wir sollten uns vielleicht für eine Richtung entscheiden und in diese laufen“, sagte ich schließlich.

„Und in welche?“

„Ene mene meck und du bist weg ...“, machte ich so lange, bis nur noch eine Richtung übrig blieb. „Wir gehen nach Norden“, beschloss ich.

Also stiefelten wir los. Weil ich nicht ganz so fix laufen konnte wie Tobi, stecke er mich in seine Westentasche, was ich mir gerne gefallen ließ. Man hatte von hier oben nicht nur einen herrlichen Ausblick, sondern konnte auch seine Füße schonen. Das kam mir natürlich sehr entgegen ...

Gegen Abend kamen wir an einem kleinen Waldstück an, das sehr einladend aussah. „Lass uns hier ausruhen“, sagte Tobi, „ich bin müde.“

An einem Bach nahe des Waldes konnten wir unseren Durst stillen und die am Waldrand stehenden Sträucher sorgten dafür, dass wir nicht Hunger leiden musste. Wir waren also rundum zufrieden, als wir uns in dieser lauen Sommernacht auf weiches Moos betteten, noch ein wenig redeten und schon bald darauf einschliefen.

Als ich am nächsten Morgen aufwachte, war Tobi verschwunden. Hatte mich dieser Hundesohn also auch verlassen! Ja, man musste wirklich genau schauen, wen man sich zum Freund nahm. Ich beschloss, etwas am Bach zu trinken und dann ein paar Beeren zu verspeisen.

Plötzlich hörte ich eine Stimme hinter mir: „Ist das da hinten dein Kumpel?“

Mir blieb fast das Herz stehen, so sehr hatte ich mich erschrocken. Ich schaute mich um, doch sah niemanden.

„Hier oben“, rief die Stimme und ich schaute nach oben.

Über mir saß in den Bäumen eine ganze Horde Affen. Einer von denen, ich nahm an, es war der Anführer, schaute mich herausfordernd an und deutete immer wieder an den Waldrand.

Da stand Tobi, hatte von alledem hier nichts mitbekommen, und sammelte die Beeren, die wir am Abend vorher schon verspeist hatten. „Was für ein Tropf!“, dachte ich und musste innerlich lächeln. Der Kerl hatte sich doch nicht aus dem Staub gemacht, sondern lediglich für unser Frühstück sorgen wollen. Nun stellte sich mir allerdings gleich die Frage, was denn diese Affen wohl mit uns vorhatten. Waren sie Freund oder waren sie Feind?

Ich rief Tobi zu, dass er zu uns kommen möge, und der treue Geselle tapste gleich los. „Darf ich vorstellen“, sagte ich, als er bei uns angekommen war, „die Damen und Herren Bewohner dieses Waldes.“ Ich zeigte in die Baumwipfel.

Die versammelten Affen begrüßten uns mit lautem Gebrüll und Getrommel. Ob sie zu den Guten oder den Bösen gehörten, konnte ich daran allerdings noch immer nicht erkennen, sah aber sogleich, dass nur der Affe, der mich angesprochen hatte, auch wie ein echter Affe aussah. Nur er trug eine braune Körperbehaarung, alle anderen waren kunterbunt geschmückt. Der eine trug rosa Fell, der nächste dunkelblaues. Andere waren grün oder schimmerten lila – so eine kunterbunte Bande hatte ich lange nicht gesehen.

Noch einmal ertönten die Trommeln laut und fordernd und zusätzlich waren Trompeten zu hören. Als beides verstummte, sah ich, dass alle Affen ihr Haupt neigten.

„Neige deinen Kopf, du Maus!“, zischte mir der braune Affe leise zu und ich befolgte seinen Rat. Meist war es besser, das zu tun, was einem in solch einer Situation geraten wurde, anstatt aufzubegehren. Dennoch war ich neugierig und linste ein wenig um die Ecke, um etwas besser erkennen zu können, was sich da um mich herum abspielte. Was ich dann sah, ließ mich an meiner Wahrnehmung zweifeln. Vor mir stand ein goldener Affe. Ob es echtes Gold war, konnte ich nicht ausmachen, aber das war auch egal, denn die Erscheinung dieses Kerls – es war zweifelsohne ein Männchen – hatte auch so etwas ausgesprochen Imposantes.

„Herrscher der Affen, einzigartiger Obligo, wir heißen dich in unserer Mitte willkommen", sprach nun der braune Affe und es klang recht unterwürfig.

Tobi flüsterte leise: „Was für ein lustiger Name." Er musste sich das Lachen verkneifen, doch ich hielt sein Verhalten nicht gerade für angemessen.

„Erhebt euch", hörte ich in diesem Augenblick den goldenen Affen sagen, sodass ich Tobi nicht mehr zurechtweisen konnte.

Die Affen kletterten geschickt von den Bäumen und stellten sich vor dem goldenen Affen auf. „Wer sind die zwei hier?", wollte der nun von dem braunen Affen wissen.

„Ein Freund von Zaubermaus und sein Begleiter", antwortete der Angesprochene.

Woher wusste er das nun schon wieder, fragte ich mich und blickte Tobi an. Der zuckte mit den Schultern.

„Die Freunde von Zaubermaus sind auch unsere Freunde", wandte sich der goldene Affe an mich.

Dann zippelte er an seinem goldenen Fell herum – und ehe ich mich versah, hatte er es abgestreift und es stand eine bildhübsche junge Frau vor mir. Ich bekam den Mund nicht mehr zu. Und noch weniger gelang mir das, als ich sah, dass sich auch die anderen Affen nach und nach ihr Fell vom Körper streiften und als junge Frauen neu erstanden.

Nun ja, nicht alle waren jung – der einst braune Affe war eine etwas ältere, nicht mehr ganz schlanke Dame, die mich nun von oben bis unten musterte. Bevor ich auch nur ansatzweise meine Sprache wiedergefunden hatte, sagte die Alte zu mir: „Halt hier nicht Maulaffen feil. Begrüße unsere Prinzessin und ihr Gefolge."

Ich drehte mich zur Prinzessin um und verneigte mich. Tobi tat es mir gleich. Nachdem ich mich von meinem ersten Schrecken erholt hatte, fragte ich sie: „Warum lauft ihr als Affen durch die Gegend? Warum tragt ihr alle Kostüme?“ Ich konnte mir das nicht erklären.

„Wir alle fliehen vor unserem Herrscher, meinem Vater. Er hat uns angedroht, uns alle an einen Harem zu verschachern, wenn wir nicht das tun, was er will.“

„Und was will er von euch?“, horchte ich sogleich nach.

„Würdest du mich ausreden lassen, so müsstest du keine unnötigen Fragen stellen“, konterte die Prinzessin. „Also, es ist so. Mein Vater hat für mich und meine Freundinnen hier Männer ausgesucht, die wir heiraten sollen. Dicke, alte Männer, die wir nicht leiden können. Und das nur, damit er ein Reich vergrößern kann. Das wollen wir nicht und so sind wir ihm unter großen Mühen und Anstrengungen entkommen. Hier im Wald wähnten wir uns sicher, bis Zaubermaus vor ein paar Tagen vorbeikam und uns sagte, dass mein Vater seine Wachen losgeschickt habe, um uns zu suchen. Wir sollen zurück in sein Schloss hinter dem goldenen Spiegel kommen. Einzig das goldene Schwert, nach dem wir seit unserer Flucht suchen, kann uns vor unserem Schicksal bewahren.“

Genau an dieser Stelle schloss sich für mich ein Kreis. Der goldene Spiegel, das goldene Schwert ... Don, der gesagt hatte, unsere gemeinsame Geschichte sei noch nicht zu Ende.

„Ist der alte Don dein Vater?“, wollte ich wissen.

„Ja, kennst du ihn? Bist du ihm schon einmal begegnet?“

Ich erzählte der Prinzessin, die sich inzwischen als Donna vorgestellt hatte, von meinen Erlebnissen mit Don. Dass ich ihm schon mehrfach begegnet war und auch unlängst erst sein Schloss auf dem Berggipfel besucht hatte.

Einen richtigen Reim konnte ich mir auf die ganze Sache noch nicht machen, dann aber fiel mir das goldene Schwert ein, das ich ja noch immer bei mir trug. Ich holte es hervor und zeigte es der Prinzessin.

„Dann ist dieses Schwert sicherlich für dich bestimmt, denn

ich konnte damit wahrlich bis heute nichts anfangen“, sagte ich und berichtete Donna auch von meinem komischen Erlebnis mit meinem Spiegelbild.

„Das sieht meinem Vater ähnlich“, sagte sie. „Er erschafft quasi eine Illumination, um seine Geschichte voranzutreiben.“

Dieses merkwürdige Wort hatte ich noch nie gehört. Letztendlich war es mir auch egal, was es bedeutete, Hauptsache, ich wusste jetzt, wem ich all das Erleben hinter dem goldenen Spiegel zu verdanken hatte. Denn dass sich das, was sich in den letzten Tagen ereignet hatte, nur zufällig ereignet hatte, glaubte ich nun nicht mehr.

„Ich muss lernen, zu vertrauen“, sagte ich und hatte das Gefühl, gar nicht selbst zu sprechen.

Dann reichte ich der Prinzessin das goldene Schwert. „Dies schenke ich dir und wünsche dir, dass du deine eigenen Ziele nie aus den Augen verlierst.“

Donna war zu Tränen gerührt, als sie das Schwert entgegennahm und mich aus Dankbarkeit umarmte.

Donna ihre Freundinnen und ich verbrachten noch einen vergnüglichen Abend miteinander, bevor sie sich am folgenden Morgen von mir verabschiedete und mir alles Gute für die Suche nach Zaubermaus wünschte.

„Folge deinen Empfindungen, dann wirst du sie bald finden“, gab sie mir mit auf den Weg.

Ich wollte gerade Tobi auffordern, mir zu folgen, da sah ich, dass er sich noch gar nicht bereit für den Aufbruch gemacht hatte. Ich sah ihn fragend an.

„Meine Reise endet hier“, sagte er. „Ich habe gefunden, was ich gesucht habe. Eine wundervolle Frau, der ich treu ergeben bin.“ Er sah zur Prinzessin, die ihm aufmunternd zulächelte.

Ich verstand sofort, ging auf Tobi zu und nahm ihn in den Arm. Nein, ich hatte keinen Freund verloren, sondern viele Freunde neu gewonnen.

Mit diesem Gedanken machte ich mich nun alleine auf den Weg ... immer meinen Empfindungen nach.

Ich wurde immer gespannter, wohin mich meine Reise noch führen würde und ich hoffte auf noch viel mehr neue Bekanntschaften, die ich auf diesem Weg machen konnte.

18

Ich beschloss, einfach immer weiter Richtung Norden zu wandern, vielleicht sogar bis ans Ende der Welt. So viel war schon in meinem Leben passiert, dass es mich nicht einmal mehr geschockt hätte, wenn die Erde doch eine Scheibe wäre, an deren Ende ich ins unendliche All fallen und nie wieder auftauchen würde.

Auf meinem Weg hatte ich viel Zeit zum Nachdenken. Über das Leben, die Freundschaft und den Sinn des Lebens. Ich hatte so viel erlebt, dass ich mir schon fast weise vorkam. Ich nahm mir vor, bei nächster Gelegenheit einmal in einen Spiegel zu schauen, um zu sehen, ob ich vielleicht schon graue Schläfen bekam – was meiner Ansicht nach immer das erste Zeichen einsetzender Weisheit des Alters war.

Während ich so vor mich hin trottete, legte ich Kilometer um Kilometer zurück und achtete kaum noch auf das, was um mich herum geschah. Mir war seit Stunden niemand mehr begegnet, nicht einmal eine Ameise hatte meinen Weg gequert.

Umso erschrockener war ich, als plötzlich vor mir ein heller Lichtstrahl vom Himmel hinunter bis direkt vor meine Füße fiel. Ich überlegte, ob ich mich vielleicht besser gleich aus dem Staub machen sollte, denn wer wusste schon, was das wieder zu bedeuten hatte. Doch die Chance bekam ich gar nicht erst – der Lichtstrahl sog mich auf und beförderte mich schnurstracks in eine andere Dimension. Zunächst wusste ich auch gar nicht so recht, wie mir geschah. Doch als ich mich umsah, kam mir alles irgendwie sehr bekannt vor. Und dann sprach diese Stimme zu mir, die mir so vertraut war. Mein Schwiegervater!

Dieses Mal hörte ich ihn jedoch nicht nur, sondern sah ihn auch leibhaftig vor mir stehen. Er saß in Gestalt eines großen Löwen vor mir, den eine mächtige Mähne aus purem Gold schmückte. Der Heiligenschein zierte seinen Kopf und seine Engelsflügel waren so groß, wie ich noch nie welche gesehen hatte. Ich freute mich ehrlich, ihn nach so vielen Jahren wieder einmal persönlich zu treffen.

Und dann erkannte ich sie ... die zwei wundervollen kleinen Engel, die direkt neben ihm standen: Brummi und Pu. Meine Kinder, die ich so lange nicht mehr gesehen hatte.

Ich war außer mir vor lauter Glück und hätte vor Freude heulen können. Nur eine Frage drängte sich mir sogleich auf: Warum tauchte meine Familie gerade jetzt wieder in seinem Leben auf? Nach all den Jahren, in denen ich sie nicht gesehen hatte. Gut, mein Schwiegervater hatte hin und wieder mal eine Botschaft gesendet, aber von den Kindern hatte nichts gehört seit meinem Weggang.

Mit ernster Miene schaute der goldene Löwe mir in die Augen und sagte: „Ich hoffe, dass du noch weißt, wer ich bin?"

Ich antwortete mit leiser Stimme: „Wie könnte ich dich je vergessen! Du bist der Katzengott, Herrscher des Katzenhimmels, Vater von Milli, meiner lieben Frau, und Großvater meiner Kinder Brummi und Pu."

Wie zur Bestätigung fauchte der Katzengott laut auf. Es gab keinen Zweifel, er war es höchstpersönlich, denn so konnte nur er fauchen. In diesem Moment stürmten Brummi und Pu auf mich zu und fielen mir in die Arme. Wie sehr ich sie doch vermisst hatte!

Dann schaute ich mich um, denn ich vermisste noch immer jemanden in dieser trauten Runde: Milli, meine liebe Gattin. „Wo ist eure Mutter?", fragte ich die Kinder und ich konnte förmlich spüren, wie die Traurigkeit über sie kam.

„Mutter ist fort", sagte Pu. „Vor nunmehr zwölf Wochen ist sie spurlos verschwunden und wir wissen nicht, wo sie ist. Es hat seit dem Tag ihres Verschwindens kein Lebenszeichen mehr von ihr gegeben."

Ich war geschockt, das waren wirklich nicht die besten Nachrichten. Ich wollte schon zur nächsten Frage ansetzen, da fiel mir Brummi ins Wort: „Wo ist überhaupt Zaubermaus? Ihr zwei wart doch zusammen unterwegs."

Dieses Mal war es an mit, vom Verschwinden meiner besten Freundin zu berichten. Nach meinem Bericht sah ich von einem zu anderen und blieb schließlich am mürrischen Gesichtsausdruck des Katzengottes hängen. Ich wusste, dass dies nichts Gutes zu bedeuten hatte. Und richtig!

„Kannst du nicht mal auf so eine schnöde Straßenkatze aufpassen, ohne dass du sie verlierst", raunzte er mich an.

Er hatte sich wirklich nicht verändert – freundlich wie immer. Doch ich musste heute nicht mehr kleinbeigeben, sondern konterte: „Zaubermaus ist keine Straßenkatze, mein Lieber. Schreib dir das hinter deine goldenen Löffel. Und überhaupt: Du warst es doch, der uns fortschickte, um auf der Erde denen zu helfen, die in Not geraten sind. Zaubermaus ist zudem nicht zufällig verschwunden, es gibt einen Grund dafür ... und diesem Grund bin ich auf der Spur."

„War nicht so gemeint", gab der Katzengott zu. „Ich war nur gerade ein wenig aufgebracht. Eure Aufträge habt ihr wundervoll erfüllt. Allerdings weiß ich auch nicht, wohin Zaubermaus entschwunden ist. Sie wird dafür aber sicherlich einen guten Grund gehabt haben. Und wenn es nur der ist, dass du deine Kinder wieder einmal siehst, denn die haben dich sehr vermisst."

Brummi und Pu strahlten mich an. Ja, auch ich hatte sie vermisst und gerade in den letzten Wochen, seitdem ich alleine unterwegs war, oft an sie gedacht. Ich umarmte sie noch einmal und dann erzählten wir uns stundenlang, wie es uns allen ergangen und was in der Zeit seit meinem Weggang alles passiert war. Immer wieder musste ich Brummi und Pu dabei genau anschauen, denn die beiden waren wirklich groß geworden. Milli – und mein Schwiegervater – hatten gute Arbeit geleistet! Das musste ich mir eingestehen. Ob die beiden auch unter meiner Führung so prächtig gediehen wären?

Dann kamen wir wieder auf das Verschwinden ihrer Mutter zu sprechen und mich ließ plötzlich ein Gedanke nicht mehr los:

Was war, wenn das Verschwinden von Milli und das Verschwinden von Zaubermaus irgendwie zusammenhingen?

Brummi schien der gleiche Gedanke gekommen zu sein, denn sie sagte: „Bei Zaubermaus war es genauso wie bei Mutter – auch sie verschwand von heute auf morgen, ohne uns eine Nachricht zu hinterlassen oder ohne uns etwas zu sagen."

Ja, das war tatsächlich merkwürdig. Und wenn wir auch nicht ganz genau festmachen konnten, an welchem Tag beide verschwunden waren, so konnten wir doch sagen, dass beide Verschwinden zeitlich sehr nahe beieinander gelegen hatten.

„Wir haben Milli seitdem überall gesucht", berichtete nun der Katzengott, „aber wir konnten sie nirgendwo finden. Immer wenn wir dachten, wir würden gleich auf sie stoßen, war sie wieder verschwunden."

„So war es auch bei Zaubermaus", sagte ich gedehnt, weil mir plötzlich ein weiterer Gedanke gekommen war, den ich nun laut aussprach: „Könnte es vielleicht sein, dass die beiden zusammen abgehauen sind, um gemeinsam ein Ziel zu verfolgen?"

„Der Gedanke ist mir auch gerade gekommen, als du von Zaubermaus berichtet hast", sagte mein Schwiegervater.

Eine Weile blieb es still zwischen uns, weil jeder seinen Gedanken nachhing.

Dann meldete sich Brummi zu Wort: „Eigentlich haben wir Mama versprochen, es keinem zu sagen. Aber ich denke, es ist besser, wenn ich es jetzt doch erzähle. ... Mhm, es war nämlich die ganzen Jahre über so, dass Mama immer ein wenig neidisch war auf Zaubermaus. Weil sie den Auftrag bekommen hatte, mit dir zur Erde zu gehen, um dort Gutes zu tun, und sie stattdessen mit uns im Himmelreich der Katzen bleiben musste. Wir waren ja auch noch so klein, als du gegangen bist."

Brummi schluckte und man merkte ihr an, wie sehr sie ihre Mutter vermisste. „Sie hat sich immer eure Aufträge angeschaut und sich kleine Notizen dazu gemacht. Ich glaube, sie wäre wirklich gerne mit dir unterwegs gewesen. Aber Opa sollte das nicht wissen, deshalb hat sie alles heimlich gemacht. Manchmal, aber nur ganz selten, hat sie Brummi und mich mal schauen lassen, was ihr da unten auf der Erde so treibt. Als wir klein waren, haben wir dir dann oft zugewunken, aber du hast das leider nicht gesehen. Nur bei eurem letzten Auftrag da war Mutter irgendwie anders. Sie schien gar kein Interesse mehr an eurem Treiben zu haben. Das hat mich zwar gewundert, aber ich habe sie natürlich nicht danach gefragt."

Wieder musste Brummi schlucken und Tränen traten in ihre Augen. „Hätte ich das besser mal getan, dann wüssten wir vielleicht, wo sie steckt."

„Mach dir keine Gedanken", versuchte ich, sie zu trösten. „Wir werden eure Mutter und Zaubermaus sicherlich finden."

19

Davon war ich auch tatsächlich überzeugt. Zaubermaus und Milli konnten sich nicht einfach in Luft aufgelöst haben. Außerdem war es bei beiden ja auch so, dass sie seit ihrem Verschwinden immer irgendwo schon gesichtet worden waren. Zwar nicht an den gleichen Orten, aber sowohl die Kinder als auch ich hatten von Milli beziehungsweise von Zaubermaus immer wieder Hinweise und Spuren erhalten. Jetzt mussten wir in Ruhe überlegen, wie wir gemeinsam weitersuchen konnten.

Mit dem Katzengott gemeinsam beschloss ich, dass wir erst einmal zu seinem Schloss zurückkehren wollten, um einen Plan zu schmieden. Außerdem waren die Kinder dort sicher aufgehoben. Ich wollte sie auf keinen Fall weiteren Gefahren aussetzen, auch wenn ich wusste, dass ihr Großvater immer gut auf sie acht gegeben hatte.

„Bitte erschrecke nicht, wenn du mein bescheidenes Heim wiedersiehst", raunte mir mein Schwiegervater auf dem Heimweg zu. „Seit Millis Verschwinden hat sich einiges verändert ... mhm ... na ja ... mit dem Aufräumen und Sauberhalten hat es bei mir nicht so richtig funktioniert. Und Personal habe ich schon seit Jahre nicht mehr. Milli wollte das nicht."

So handzahm kannte ich den Katzengott gar nicht. Wo war der alte, stets laute und selbstsicherer Mann hin, der Milli und mir mehr als einmal das Leben schwer gemacht hatte? Sollte auch er im Alter mit Sanftmut und Weisheit gesegnet worden sein?

„Keine Sorge", antwortete ich, „mich kann so schnell nichts umhauen, ich habe in meinem Leben schon so manche Unordnung gesehen. Und so schlimm wird es ja wohl nicht sein, so lange ist Milli doch noch nicht weg."

Doch – so schlimm war es! Ich hätte nie gedacht, dass aus einem einst strahlend schönen Schloss in so kurzer Zeit eine solche

Ruine werden konnte. Ich blieb fassungslos stehen und musste erst einmal nach Luft schnappen, denn das, was ich sah, konnte ich kaum glauben. Die einstige Schönheit war verblüht und das Gold zu einem hässlichen Grau verkommen. Die Patina, die das Gold angesetzt hatte, konnte aber nicht erst in den letzten Wochen entstanden sein, da musste schön länger niemand mehr ein Auge drauf gehabt haben.

Auch innen sah es nicht viel besser aus – die Tapeten hingen von den Wänden und die Gardinen sahen so aus, als hätte jemand sie als Lianen benutzt. Ich schaute Pu und Brummi streng an, denn ich kannte meine Kinder nur zu gut. Was waren das für Wildfänge gewesen, als sie noch klein gewesen waren! Ich konnte mir lebhaft vorstellen, dass sie für das Aussehen der Vorhänge die Verantwortung trugen. Und als die beiden ein wenig betreten zu Boden schauten, war ich mir sicher, dass ich mich nicht täuschte.

In den nächsten Tagen taten wir nichts anderes, als das Schloss wieder auf Vordermann zu bringen. Der Katzengott bat dazu ein paar junge Katzen aus dem Dorf zu sich und die halfen mit, wenn sie auch nicht sonderlich begeistert von der Aufgabe waren.

Nach einer Woche waren wir fertig – zumindest war das Schloss nun wieder in einem annehmbaren Zustand. Um die Fassade und den Außenbereich, so hatten wir beschlossen, würden wir uns erst kümmern, wenn wir Zaubermaus und Milli gefunden hatten.

Zaubermaus und Milli – sie zu finden hatte nun oberste Priorität. Wir hatten in der Woche auch immer wieder zusammengesessen, um zu überlegen, wie wir weiter vorgehen wollten. Die Kinder hatten dabei stets betont, dass sie mich bei der Suche begleiten wollten. Immerhin seien sie inzwischen alt genug dafür.

Der Katzengott hatte vorgeschlagen, dass er im Schloss bleiben und von hier aus alles koordinieren würde. Damit war ich einverstanden. Ich hatte sowieso das Gefühl, dass es besser war, ich würde nun alleine weiterziehen, denn es konnte kein Zufall sein, dass wir uns alle gerade jetzt wiedergetroffen hatten. Außerdem wirkte der Alte tatsächlich auch ein wenig müde.

Nun ja, die Jahre waren eben auch an ihm nicht spurlos vorbeigegangen. Allerdings war ich mit dem Vorschlag der Kinder nicht einverstanden, dass sie mich begleiten wollten. Und so beschloss ich eines Abends, mich still und heimlich zu verdrücken – nur meinem Schwiegervater hatte ich meinen Plan mitgeteilt.

Dass ich da die Rechnung ohne den Wirt gemacht hatte, sollte sich allerdings schon am nächsten Tag herausstellen ...

20

Eigentlich hätte ich es mir auch denken können, dass Brummi und Pu ein Nein nicht akzeptieren würden. Waren ja schließlich meine Kinder. Und wenn ich so an meine eigene Jugend dachte, dann wusste ich nur zu gut, dass ich auch nie auf das gehört hatte, was mein Vater mir geraten hatte. Da ich ein wenig ziellos durch die Gegend lief, hatten die beiden mich auch bald gefunden. „Wir kommen mit", sagten sie einstimmig und mir blieb nichts anders übrig, als mich in mein Schicksal zu fügen.

Die nächsten Tage passierte nichts Aufregendes und Brummi und Pu begannen, sich zu langweilen. „Da war es bei Opa ja weitaus spannender als bei dir."

Wir waren inzwischen fünf Tage und Nächte zusammen unterwegs. Auch mir war nicht ganz klar, was augenblicklich geschah, denn ich hatte tatsächlich nicht die leiseste Ahnung, wohin ich gehen oder was ich als Nächstes unternehmen sollte. Doch ich hatte diesen Gedanken noch nicht ganz zu Ende gedacht, da öffnete sich unter mir die Erde und ein Höllenschlund wurde sichtbar.

„Oh oh", dachte ich, „wenn das mal nicht das Reich meines Vaters ist!" Ich konnte den Schwefel bereits riechen und es war plötzlich höllisch heiß. Mir machte die Hitze nicht wirklich viel aus, doch ich machte mir Sorgen um Brummi und Pu. Immerhin hatten beide nur 50 Prozent teuflische Gene in sich.

Doch meine Sorge war unbegründet – die beiden machten einen ziemlich fitten Eindruck. Plötzlich brodelte es aus einer Felsspalte und der Lava quoll heraus. Irgendwo musste es einen Vulkanausbruch gegeben haben ...

Dann gab es eine Explosion, Nebelschwaden zogen auf ... und als die sich lichteten, stand er leibhaftig vor uns: mein Vater! Er erhob sich aus dem ganzen Tohuwabohu und kam direkt auf zu.

„Toller Auftritt, Vater!“, rief ich ihm zu.

„Ich freue mich auch, dich zu sehen“, gab er zurück. Er blickte zu Brummi und Pu, die er schon sehr lange nicht mehr gesehen hatte. „Meine Enkel?“, frage er, ohne aber eine Antwort zu erwarten. „Was zum Teufel habt ihr hier zu suchen?“

Ich sah ihn erstaunt an. Eigentlich war er doch immer über alles, was um ihn herum geschah, gut informiert. Hatte er nun wirklich keine Ahnung davon, warum wir hier waren? Ich konnte das nicht glauben und fragte: „Weißt du denn gar nicht, was in den letzten Wochen und Monaten so passiert ist?“

Der Teufel schüttelte den Kopf. „Ich habe zurzeit keinen besonders guten Draht zur Erde“, gestand er ein.

Also erzählte ich ihm, was sich alles zugetragen hatte – von Millis und Zaubermaus’ Verschwinden, von meiner Suche und dem Treffen mit meinen Kindern.

Mein Vater hörte aufmerksam zu. Als ich geendet hatte, sagte er: „Man erzählt sich in der Unterwelt, dass zwei Wesen dort für Unruhe sorgen. Einigen gefällt das nicht wirklich. Aber Genaueres hat noch keiner erzählen können. Es sind immer nur Gerüchte, die man hört. Ich weiß auch nicht, ob diese beiden Unruhestifter Zaubermaus und Milli sind. Wir wissen ja nicht einmal, ob sie zusammen unterwegs sind, so wie du gerade berichtet hast.“

Unruhe stiften? Das hörte sich wirklich nach Zaubermaus an. Vielleicht war es ja tatsächlich so, dass sie und Milli einen gemeinsamen Plan geschmiedet hatten und diesen nun verfolgten. Wenn ich so recht überlegte, war ja auch bei der Suche nach Zaubermaus schon einiges geschehen – nicht nur, dass ich Freund und Feind begegnet war. Nein, gerade in den letzten Tagen waren so einige Dinge eingetreten, mit denen ich nie gerechnet hatte: Ich hatte meine Kinder wiedergefunden, ich hatte in Kontakt zum Katzengott gestanden ... und nun war ich mit den Kindern zusammen meinem Vater begegnet. Hätte mir das jemand vor ein paar Monaten prophezeit, so hätte ich glattweg gesagt: „Du spinnst. Träum weiter.“

Doch wie ging es jetzt weiter? Ich hatte zwar meine ganze Familie getroffen, aber die Suche nach Zaubermaus – und die Suche nach Milli – war noch längst nicht zu Ende.

Ich überlegte lange, was nun zu tun war, aber ich fand keine Antwort. Irgendwie hatte ich jedoch immer das Gefühl, dass mein Vater mir etwas verschwieg, denn auf meine konkrete Frage, wohin ich jetzt gehen solle, bekam ich immer nur eine ausweichende Antwort. Auch Brummi und Pu merkten, dass mein Vater nicht ganz die Wahrheit sagte, und so löcherten auch sie ihn immer wieder.

Dann lüftete der Teufel sein kleines Geheimnis. Er erzählte, dass es hier im Höllenschlund ein Tor gäbe, das mich vielleicht an einen Ort bringen könnte, von dem aus ich meine Reise weiter fortsetzen konnte.

„Und warum sagst du das erst jetzt?“, fauchte ich ihn an. Ich hatte kostbare Zeit verloren.

„Weil ich euch so gerne ein paar Tage um mich haben wollte“, gab mein Vater zurück.

Ich konnte über so viel Egoismus nur den Kopf schütteln, aber natürlich verstand ich sein Ansinnen auch ein wenig. Jetzt aber war es erst einmal viel wichtiger, zu erfahren, wie es weitergehen sollte. Deshalb fragte ich: „Und was verbirgt sich hinter dieser Tür? Kannst du mir das verraten?“

Er druckste ein wenig herum, so als wäre es ihm peinlich, über die Angelegenheit zu sprechen. „Nun, es ist so“, sagte er dann. „Dieses Tor bringt dich in eine Welt, die für uns alle unbekannt ist. Nur wenige sind bislang hindurchgegangen, niemand ist zurückgekommen. Niemand weiß also davon zu berichten, was hinter der Tür passiert. Obwohl, es ist keine Tür, sondern tatsächlich schon ein recht stattliches Tor.“

Er schaute mich an. „Ich habe einmal mit dem Katzengott die Verabredung getroffen, dass wir dieses Tor niemals öffnen werden. Wenn du jetzt hindurchgehst, breche ich mein Versprechen.“ Er überlegte einen Moment lang. „Andererseits hat sich auch dein lieber Schwiegervater nicht immer an alles gehalten, was er versprochen hat. Ich werde dir also das Tor öffnen und hoffe inständig, dass ich dich irgendwann lebend wiedersehen werde, egal, was sich auch dahinter verbergen mag."

Mein Vater griff an seinen Hals und sah mich an. Dann riss er die goldene Kette ab, an der ein goldener Schlüssel hing. Den kannte ich seit meiner Geburt an ihm.

„Wir nennen das Tor *The gate of no return*. Ich wünsche dir viel Glück auf der anderen Seite."

21

Ich hatte Brummi und Pu bei meinem Vater gelassen – und dieses Mal hatten die beiden keinen Protest erhoben. Es war mir sicherer, sie in seiner Obhut zu wissen. Anderseits hatten die Kinder auch beteuert, dass sie es in der Hölle teuflisch gut fanden. Zudem konnte es ihnen sicherlich nicht schaden, nach der langen Zeit beim Katzengott nun auch einmal die andere Seite der Familie kennenzulernen.

Nachdem mein Vater das Tor geöffnet hatte, schritt ich hindurch. Ich sah mich nicht mehr um, denn ich spürte, dass ich eine Schwelle übertreten hatte, die ein Zurück nicht ganz so leicht machte. Irgendwie war es, als würde ich ein Reich zwischen Leben und Tod, zwischen dem Hier und Jetzt und dem Jenseits betreten. Aber gab es solch ein Reich überhaupt? Noch nie hatte ich mich wirklich mit dem Tod beschäftigt, aber hier spürte ich plötzlich eine Grabeskälte um hier herum.

Eine kleine Hürde musst ich noch überwinden, um weiterzukommen. Denn nachdem ich ein paar Schritte gegangen war, lag plötzlich – wie aus dem Nichts kommend – ein dicker Fels vor mir. Ich schaute ihn mir von allen Seiten, so gut es ging, an. Und beschloss, ihn aus dem Weg zu räumen. Ob meine Kraft dazu wohl reichen würde?

Ich schaffte es wirklich und konnte ihn in die Luft wuchten, denn obwohl er schwer aussah und sich auch kalt wie ein echter Stein anfühlte – er war leicht wie eine Feder. Nur was sollte ich jetzt damit tun?

Ich dreht mich um und ließ den Stein auf der Seite zum Tor hin fallen und er zersprang in tausend kleine Teile. Damit hatte ich nun beileibe nicht gerechnet. Noch weniger aber damit, was sich gleich darauf ereignete: Denn aus den vielen kleinen Splittern entstand vor meinen Augen eine gut aussehende Frau, die so hell strahlte, dass sie den ganzen, doch recht dunklen Gang in gleißendes Licht tauchte.

Ich näherte mich dieser Lichtgestalt, um sie zu berühren, und wurde gleich darauf um einen Meter zurückgeworfen. Was für eine Elektrizität ging von dieser Frau aus. Wow!

Doch das alleine war es nicht, ich hatte auch das Gefühl, dieses Licht würde mich mehr und mehr anziehen. Anziehen und abstoßen, das hatte ich lange nicht erlebt!

Dieses Hin und Her ging eine ganze Weile, ohne dass wir auch nur ein Wort sagten. Dann hörte ich eine leise Stimme: „Wehre dich nicht gegen mich. Ich bin dir wohl gesonnen. Alles wird gut, vertraue mir. Du bist in meinem Reich des Todes gut aufgehoben.“ Danach hatte ich plötzlich das Gefühl, diese Lichtgestalt würde mich in sich aufsaugen. Es war so, als würde ich mich auflösen. Immer schwerer fiel es mir, auch nur einen klaren Gedanken zu fassen.

Was war hier los? War das der Tod? War dieses Licht jenes, von dem alle sprachen, die schon einmal eine Nahtoderfahrung gemacht hatten? Ich versucht, mich zu konzentrieren, doch je mehr mich das Licht mit sich wegtrug, umso schwerer fiel es mir.

Und doch wusste ich ganz tief in mir drin, dass, wenn ich mich jetzt diesem Licht nicht entgegensetzen und mich nicht wehren würde, ich für alle Ewigkeiten verloren war.

So stemmte ich mich mit aller Kraft, die ich noch aufzubringen vermochte, gegen dieses gleißende Etwas. Ich wollte nicht sterben – nein, ganz gewiss nicht. Ich war weder krank noch lebensmüde, warum also sollte ich in der Blüte meiner Jahre diesen Planeten verlassen wollen?

Außerdem hatte ich eine Aufgabe – und wenn ich recht überlegte sogar zwei Aufgaben – zu bewältigen. Ich musste Zaubermaus und Milli finden, da konnte ich mich jetzt nicht einfach aus dieser Welt verabschieden. Die beiden zählten doch auf mich!

Ich musste lange kämpfen, bis ich mich von dem Licht frei machen konnte. Aber es gelang mir. Danach hatte ich jedoch das Gefühl, vollkommen erschöpft zu sein.

Ich fiel zu Boden, spürte jeden Muskel in meinem Leib und die Knochen taten mir weh. Ich war müde. So unendlich müde, dass ich mich erst einmal hinlegte, um mir eine Mütze Schlaf zu gönnen.

Doch dieser Traum war alles andere als entspannend. Ich spürte, dass mein Körper immer wieder zuckte und zitterte. Und als ich der ganzen Sache auf den Grund gehen wollte, sah ich in meinen Träumen ... Zaubermaus. Ich sah, wie alles zwischen uns begonnen hatte. Ich war der Wetteinsatz bei einem Kartenspiel gewesen, auf das sich Zaubermaus bei ihrer Ankunft im Katzenhimmel eingelassen hatte. Wenn ich an diese wilde Zeit zurückdachte, musste ich schmunzeln. Ich war eine kleine Maus mit Heiligenschein und kleinen Flügeln. Und ich erinnerte, dass Zaubermaus sich fragte, was denn wohl eine Maus im Katzenhimmel zu suchen habe. Zu dem Zeitpunkt konnte Zaubermaus ja auch noch nicht wissen, wer ich wirklich war – der Sohn des Teufels. Viele schöne Sachen hatten wir seitdem erlebt, deshalb fiel es mir nur auch besonders schwer, auf die Anwesenheit von Zaubermaus zu verzichten.

Gut, es war nicht immer alles harmonisch zwischen uns verlaufen, aber Stress und Probleme gab es in jeder Beziehung einmal. Das war nichts Besonderes. Doch je länger ich nun von ihr getrennt war, desto mehr fehlte sie mir.

Und genau das machte mir mein Traum in diesem Erschöpfungszustand noch einmal deutlich. Ich spürte, wie mir Tränen die Wangen herunterliefen ... und davon wurde ich schließlich wach.

Ich wusste nicht, wie lange ich letztendlich geschlafen hatte, aber es waren sicherlich mehrere Stunden gewesen, denn ich war ganz steif, als ich aufstand. Vielleicht sollte ich mir künftig doch zum Schlafen eher ein warmes Bettchen suchen als diese Zeit auf dem harten Fußboden zu verbringen.

Als ich wieder ganz klar bei Sinnen war, ging mir ein Gedanke nicht mehr aus dem Kopf: Machte es überhaupt noch Sinn, nach Zaubermaus zu suchen? Ich war schon so lange auf der Suche nach ihr. Bislang erfolglos. Und ich war müde. So unendlich müde. Auch jetzt, nach diesem vermeintlich erholsamen Nickerchen, fühlte ich mich nicht ganz fit.

Doch Aufgeben war keine Lösung für mich. Egal wie schlecht ich mich auch selbst fühlte – ich musste Zaubermaus helfen. Und natürlich auch Milli. Inzwischen war ich allerdings felsenfest davon überzeugt, dass die beiden gemeinsam unterwegs waren. Das sagte mir mein siebter Sinn. Und der hatte mich bislang noch nie getäuscht.

Ich sammelte alle meine Kräfte, erhob mich und schrie aus Leibeskräften: „Ihr da oben, wer auch immer ihr seid – ihr bekommt mich nicht klein! Hört ihr mich? Ich lass mich nicht unterkriegen! Ich gehe meinen Weg bis zum Ende. Und werde dann mit Zaubermaus und Milli nach Hause zurückkehren. Habt ihr mich verstanden?“

Dann machte ich mich wieder auf den Weg!

22

Ich musste dieses Mal auch gar nicht lange überlegen, wohin ich gehen sollte. Zurück zum Tor konnte ich nicht, denn ich wusste, dass mein Vater es wieder sorgfältig verschlossen hatte. Also konnte ich nur geradeaus gehen – immer der Nase nach. Das gleißende Licht war nicht mehr aufgetaucht, was mich doch sehr beruhigte. Ich setzte also einen Fuß vor den anderen, immer auf der Hut vor neuen Gefahren und Herausforderungen. Schließlich war ich mal wieder auf mich allein gestellt.

Doch nichts passierte. Es kamen keine unheimlichen Gestalten aus dem Hinterhalt und es trafen mich keine Naturgewalten, die beschlossen hatten, mich zu vernichten. Mir war fast ein wenig langweilig. Andererseits tat es auch mal gut, nur laufen zu müssen, ohne dabei angegriffen oder von irgendetwas überrollt zu werden.

Drei Tage wanderte ich durch diesen Gang, immer geradeaus, es gab nicht eine einzige Abzweigung. Am Ende des dritten Tages aber stieß ich auf eine kleine Tür und ich hatte gleich ein merkwürdiges Gefühl – ich ahnte, nein, ich spürte instinktiv, dass ich an ein Portal gelangt war, dass mich zurück in meine Welt befördern würde. Noch ehe ich es öffnete, bedankte ich mich bei allen, die mich auf meinem Weg bislang so gut begleitet hatten, dann stieß ich die Tür auf.

Eine in helles Sonnenlicht getauchte grüne Wiese tauchte vor mir auf und ich freute mich so sehr darüber, als wäre ich aus einem langen, dunklen Schlaf erwacht. So etwas Schönes hatte ich lange nicht mehr gesehen und ich lief los wie ein kleines Kind, um mich auf dieser Wiese meines Lebens zu erfreuen. Ich hüpfe und sprang wie schon lange nicht mehr.

Ich hoffte in diesem Moment so sehr, dass die Zeit der Monster, der unheimlichen Wesen und der unverhofften Vulkanausbrüche für immer vorbei war. Dass ich künftig friedlich vor mich hinleben konnte. Mit meiner Zaubermaus und meiner Familie. Mit Milli, Brummi und Pu.

Gut, hin und wieder mal ein Abenteuer zu erleben, nun, das wäre sicherlich nicht verkehrt. Aber ich wollte künftig bestimmt nicht mehr von einer Gefahr in die nächste laufen müssen.

Während ich mich so meines Lebens freute, stand plötzlich ein kleines Mädchen vor mir. Mit seinen langen blonden Haaren sah es wirklich aus wie ein Engel. Doch als ich es berührte, war es aus Fleisch und Blut – und war keines dieser imaginären Gestalten, die mehr Fantasie als Wirklichkeit waren.

Für einen kurzen Moment war mir sogar, als würde ich in dem Gesicht des Kindes Zaubermaus erkennen können – doch da musste ich mich täuschen. Vielleicht war mein Wunschdenken, Zaubermaus zu begegnet, inzwischen so groß, dass ich sie überall sah.

„Ich kann dich sehen", sagte das Mädchen plötzlich zu mir. „Du bist eine Maus."

Einen Moment lang sah sie mich neugierig an. „Aber du siehst anders aus als die Mäuse, die ich bislang gerettet habe. Du hast Flügel und einen Heiligenschein." Sie bückte sich zu mir herunter und nahm mich auf ihre kleine Hand.

Ich war wirklich nicht mehr für dieses Kind als eine außergewöhnliche Maus. Sollte ich seine Illusionen zerstören?

„Ich nehme dich mit nach Hause", sagte das Mädchen, „dort kannst du in einem Käfig mit meinen anderen Mäusen wohnen. Das wird dir gefallen!"

Oh nein, das würde mir ganz und gar nicht gefallen. So blieb mir nichts anders übrig, als dem Kind zu sagen, wer ich wirklich war. Ich räusperte mich und sprach: „Das ist nett von dir, Kleine. Aber mir wäre es viel lieber, wenn du mich wieder auf den Boden setzen könntest. Ich habe noch ein paar wichtige Dinge zu erledigen."

Vor Schreck darüber, dass ich sprechen konnte, hätte es mich übrigens fast fallen lassen. Das Mädchen sah mich mit großen

Augen an und sagte dann: „Du kannst mich gern Ronja nennen.“ Sie schien zu grübeln, denn sie sagte nun nichts mehr und runzelte die Stirn. „Bist du verzaubert?“, fragte Ronja schließlich.

Ich musste lachen. „Warum sollte ich verzaubert sein?“, fragte ich zurück.

„Na, ganz einfach, weil du reden kannst. Meine Mäuse zu Hause können das nicht.“

Wie sollte ich einem kleinen Mädchen nur erklären, wer ich war und was ich hier tat? Oder gar, warum ich sprechen konnte? Es gab so viele Dinge zwischen Himmel und Erde und Hölle, von denen die Menschen keine Ahnung hatte, weil diese Dinge außerhalb ihrer Realität passierten. Es war schon ungewöhnlich genug, dass mich dieses Kind überhaupt verstehen und sehen konnte. Nein, das war nicht ungewöhnlich, sondern ein Wink des Schicksals, ging es mir plötzlich durch den Kopf. Dieses Kind war der Schlüssel dafür, meine Aufgabe zu Ende bringen zu können.

„Das ist mit mir ein bisschen wie in deinen Märchen“, erklärte ich Ronja. „Aber am besten erzähle ich dir zu Hause davon. Los, lass uns gehen.“

„Oh fein!“, rief die Kleine aus und steckte mich sogleich in ihre Jackentasche. „Da hast du es gemütlich und Mama sieht dich nicht sofort“, fügte sie hinzu. „Sie hat nämlich verboten, dass ich noch mehr Tiere mit nach Hause bringen.“ Sie grinste frech. „Aber eine Maus mehr oder weniger wird ihr gar nicht auffallen, denn sie mag keine Mäuse und schaut nie nach ihnen.“

23

Ronja brachte mich zu sich nach Hause und setzte mich zu den anderen Mäusen in den Käfig. Sie hatte mir versprochen, mich sofort freizulassen, wenn ich das wollte.

Meine Artgenossen nahmen keine Notiz von mir. Sie hingen träge und voll gefressen in ihren Löchern und begrüßten mich als Neuzugang nur ganz kurz. Ronja brachte auch mir etwas zu futtern, was ich gerne annahm, denn ich war wirklich ausgehungert.

„Heute Abend, wenn ich ins Bett muss, dann können wir uns lange unterhalten", sagte sie. „Wenn ich schlafe, muss Mama arbeiten und dann haben wir zwei Zeit für uns." Sie zwinkerte mir zu.

Es vergingen Stunden, bis Ronja wieder in ihr Zimmer kam. Ich hatte mich in der Zwischenzeit ein wenig mit meinen Artgenossen angefreundet, die doch nicht so träge waren, wie sie zuerst gewirkt hatten. Eigentlich waren sie sogar ganz nett – auf jeden Fall tat es gut, mal wieder mit ganz bodenständigen Kreaturen in Kontakt zu sein.

Ronjas Mutter las der Kleinen noch eine Geschichte vor, dann sagte sie: „So, mein Mäuschen, schlaf gut. Ich mache jetzt das Licht aus und dann gehe ich zur Arbeit. Wenn was ist, ruf mich an."

„Das mache ich, Mama", antwortete Ronja, gab ihrer Mutter einen Kuss, die darauf das Kinderzimmer verließ. Bald darauf hörte ich eine Tür ins Schloss fallen.

„Sie ist weg", flüsterte Ronja, „jetzt können wir meine Nachttischlampe anmachen und überlegen, was wir tun. Aber vorher erzählst du mir noch ein bisschen von dir. Ja?"

„Aber klar doch", antwortete ich ihr. Und dann begann ich zu erzählen. Zumindest all das, was man einem Kind in ihrem Alter erzählen konnte. Ronja hörte aufmerksam zu und wenn sie etwas nicht verstand, dann fragte sie nach. Inzwischen war es weit nach Mitternacht und am dunklen Himmelszelt standen die Sterne, die in dieser Nacht besonders schön golden funkelten. Ein wenig erinnerten sie mich an die Augen von Zaubermaus und das beruhigte mich innerlich ein wenig, denn ich hatte ihre Spur gänzlich verloren.

Offen gestanden konnte ich mir auch keinen Reim darauf machen, warum ich ausgerechnet jetzt, in dieser Situation, bei Ronja gestrandet war. Wie sollte mir ein Kind mit vielleicht fünf Jahren bei der Suche nach Zaubermaus helfen? Ich war ratlos, wollte die Kleine aber nicht entmutigen, die meine Geschichte wahrscheinlich für ein richtiges Märchen hielt.

Als ich ihr alle wesentlichen Dinge aus meinem Leben berichtet hatte, seufzte sie laut auf. „So viele schöne Sachen würde ich gerne auch einmal erleben. Wenn ich doch nur mit dir einmal in dein Land der Fantasie reisen könnte“, sagte sie. „Das wäre wirklich mein allergrößter Wunsch. Und davon träume ich schon, seitdem meine Mama mir Märchen vorliest.“

„In meiner Welt ist aber nicht alles gut“, gab ich zu bedenken. „Es gibt gute Wesen und böse Wesen und es gibt Kräfte, die es hier bei euch auf der Erde gar nicht gibt“, erklärte ich.

Die Kleine wurde böse. „Mensch, das weiß ich doch alles. Ich bin doch nicht dumm. Oder meinst du vielleicht, dass ich die Märchen nicht verstehe. Ich weiß wohl, dass der böse Wolf die Oma vom Rotkäppchen frisst und die Hexe Hänsel und Gretel ebenfalls verspeisen will. Warum sollte also in deinem Land alles nur gut sein?“

Damit hatte Ronja natürlich recht, doch mitnehmen konnte ich sie nicht. Sie war ein Mensch und würde weder im Katzenhimmel noch in der Hölle meines Vaters leben können. Trotzdem wollte ich ihr einen Blick in mein Leben ermöglichen. Die Frage war nur, wie mir das gelingen konnte?

Und dann tat ich etwas, was mein teuflischer Vater immer getan hatte, als ich noch ein Kind gewesen war und er mir etwas erklären wollte. Ich nahm die kleinen Hände Ronjas in meine und sagte ihr, sie solle die Augen schließen, ich würde sie mit ins Reich der Fantasie nehmen und sie könne mit mir ein echtes Abenteuer dort erleben.

Dann setzte ich all meine Kraft in die Macht der Bilder. Ich wünschte mich in Gedanken an einen schönen Ort im Katzenhimmel und plötzlich rief Ronja freudig aus: „Siehst du den Wasserfall dort hinten. Der strahlt alle Regenbogenfarben aus. Und die leise Musik, die von dort kommt. Oh, wie schön ist es hier!"

Sie war vollkommen begeistert und ich sehr froh darüber, dass ich wohl in dieser Beziehung die gleichen Fähigkeiten hatte wie mein Vater. In dieser Imagination schritten Ronja und ich weiter auf den Wasserfall zu und hüpften schließlich mit einem riesigen Sprung in den Wasserfall hinein. Oder besser gesagt: durch ihn hindurch. Auf der anderen Seite angelangt, ließ ich zwei kleine Teufelchen erscheinen, die aber nichts Böses im Schilde führten. Trolle und Zwerge traten auf und noch ein paar Figuren, die Ronja aus den Geschichten ihrer Mutter kannte.

Sie hatte mächtig viel Spaß an den Spielen, die wir gemeinsam spielten, und ich schaffte es sogar, einige Meter mit Ronja fast schwerelos durch die Lüfte zu gleiten. Hatte ich erst gedacht, ich würde nur dem Mädchen einen Gefallen mit diesem Ausflug ins Reich der Fantasie machen, so musste ich nun etwas ganz anderes feststellen: Auch mir machte diese außergewöhnliche Reise, die ja nur in meinem Kopf stattfand, ungeheuren Spaß, zeigte sie mir doch, wie schön es war, durch Raum und Zeit wandern zu können. Das konnten nicht viele Wesen in diesem Universum und ich war wieder einmal mehr als dankbar dafür, dass mir diese Fähigkeit verliehen worden war.

Je länger wir in dieser Imagination verweilten, desto erschöpfter wurde ich, denn das Aufrechterhalten der Vorstellung kostete mich ungeheure Kraft. Und so bat ich Ronja nach einiger Zeit darum, wieder mit ihr in ihr Kinderzimmer gehen zu dürfen.

„Bitte, bitte, nur noch fünf Minuten", bettelte sie so, wie es wohl jedes andere Kind auch getan hätte.

„Aber nicht länger", mahnte ich und spürte, dass mir die Bilder nach und nach entglitten. Ich konnte nicht mehr unbedingt selbst bestimmen, welche Szene sich als nächste auftun würde für mich und das Kind. Ich hoffte nur, dass nichts Grausames passieren würde.

Und dann sah ich sie – die Katze, die aus einem dichten Nebel direkt auf Ronja und mich zukam. Heute war ihr Fell grau und seidig, doch ich erkannte sie sofort, auch wenn sie wieder mal ein anderes Äußeres angenommen hatte.

Zaubermaus! Meine Zaubermaus.

Das gab es doch nicht ... hier in dieser fanatischen Welt, die nur in meinem Kopf lebendig geworden war, tauchte sie plötzlich wie aus dem Nichts heraus auf. Meine beste Freundin, die ich so schmerzlich vermisst hatte. Doch wie sollte ich sie aus meinem Kopf in die reale Welt holen?

In diesem Moment sah mich Ronja ja und zog an meiner Hand. Sie war ganz aufgeregt, als sie sagte: „Siehst du die Katze da hinten?“

Ich nickte.

„Die sieht aus wie die, die mir in der vergangenen Woche auf eben der Wiese zugelaufen ist, auf der ich auch dich gefunden habe!“

Ich schaute Ronja ungläubig an. „Und wo ist die Katze jetzt?“, fragte ich.

„Na, bei uns zu Hause. Da gibt es ja mehr als nur mein Kinderzimmer. Ich habe die Katze Purzel getauft. Und Purzel hat ihren Lieblingsplatz auf der Couch bei Mama im Wohnzimmer.“

Mir klopfte das Herz bis zum Hals. Vielleicht war das die Lösung für mein Problem. Und vielleicht war ich nur deshalb diesem tollen Mädchen begegnet. Wenn das im Wohnzimmer der Mutter tatsächlich Zaubermaus ... Ich mochte den Gedanken gar nicht zu Ende denken, denn schon jetzt schlug mein Herz so laut, als wolle es platzen. „Bitte, lass uns nach Hause gehen“, sagte ich zu Ronja. Und die stimmte dieses Mal zu.

„Ich bin auch schon ganz schön müde“, lächelte sie. „Aber vielen Dank, dass du mich mitgenommen hast auf diese Reise in dein Land der Fantasie.“ Ich ließ Ronjas kleine Hände los und augenblicklich waren wir wieder in ihrem Kinderzimmer, wo mich jedoch nichts mehr hielt.

Sofort ging ich ins Wohnzimmer ... und sah die große, majestätische Katze auf dem Sofa liegen. Mit einer goldenen Krone auf dem Kopf und Engelsflügel auf dem Rücken.

„Es wurde auch Zeit, dass du endlich kommst“, sagte Zaubermaus. „Ich habe ziemlich lange auf die warten müssen.“

24

Wir standen alle um Pauls Bett herum und hofften, dass er es schaffen würde. Die Anstrengungen der letzten Jahre, das Erlebte, die Trennung von der Familie war vielleicht doch ein wenig viel für ihn gewesen. Und dann war noch dieses schreckliche Unglück geschehen ...

Jetzt lag Paul hier im Krankenhaus auf der Intensivstation, umgeben von seinen Liebsten, die ich, Zaubermaus, zusammengerufen hatte, weil auch ich mir nicht sicher war, ob Paul diesen Zusammenbruch überstehen würde. Er kämpfte um sein Leben und immer wieder hatte ich das Gefühl, dass er mir entweichen würde. Seit Tagen standen wir an seinem Bett und sprachen uns Trost zu.

Gerade als ich schon alle Hoffnung verlieren wollte, sah ich, dass seine Augenlider zu zittern begannen. Ich rief sofort den behandelnden Arzt, der zu Pauls Bett eilte und ihn untersuchte. „Er wacht auf", sagte er leise zu uns und ich konnte sehen, wie froh er selbst darüber war.

Es dauerte allerdings noch eine ganze Weile, bis Paul die Augen aufschlug und verwundert in die Runde schaute. „Habe ich was verpasst?", fragte er heiser und erschöpft.

„Nein, hast du nicht", sagte ich unter Tränen. „Es wurde aber auch Zeit, dass du endlich kommst", sagte ich . „Ich habe ziemlich lange auf die warten müssen."

Nun waren auch sein Vater, der Katzengott, Milli und die Kinder Brummi und Pu an sein Bett getreten und lächelten ihn liebevoll an. „Was macht ihr denn alle hier?", wollte er sogleich wissen.

„Das erzählen wir dir später", antwortete ich.

Nach rund einer Woche seit seinem Aufwachen aus dem Koma war Paul wieder so weit gediehen, dass uns der Arzt, der sich ebenfalls über Pauls Fortschritte freute, die Erlaubnis gab, mit ihm über das zu sprechen, was bei diesem Unglück geschehen war, das zu seinem Koma geführt hatte.

Ich fragte Paul also an diesem schönen Frühlingsnachmittag: „Und, Paul, woran kannst du dich noch erinnern? Was ist das Letzte, was dir noch in den Sinn kommt?"

Er sah mich mit großen Augen an. „Das Letzte, woran ich mich erinnere, ist, dass ich mit Brummi und Pu zusammen durch ein großes Tor geschritten bin, um nach dir, Zaubermaus, und nach Milli, meiner lieben Frau, zu suchen. Mein Vater hatte uns den Weg ..."

„Wann soll das gewesen sein?", fragte der Teufel seinen Sohn.

„Na ja, kurz bevor ich hier aufgewacht bin", antwortete Paul.

Sein Vater und auch wir anderen sahen ihn besorgt an. „Paul", sagte der Teufel, „wir haben uns seit Jahren nicht mehr persönlich getroffen. Und die Kinder, Brummi und Pu also, die habe ich das letzte Mal gesehen, als sie noch ganz keine Teufelchen waren. Ich bin ihnen erst wieder hier an deinem Krankenbett begegnet, weil Zaubermaus uns dringend gebeten hatte, dich zu besuchen."

Paul verstand die Welt nicht mehr, das sah ich ihm sofort an. Und auch ich wusste nicht, wovon er sprach. Aber ich hatte da so meine Vermutung. Jedoch war ich innerlich so zerrissen, dass ich nicht gleich wusste, wie ich reagieren sollte. Doch dann gab ich meinem Herzen einen Schubs. „Kannst du dich an den Tag erinnern, als ich dich in dem Hotelzimmer alleine gelassen habe?", frage ich. Paul nickte langsam mit dem Kopf. Mir schien, er würde nach und nach wieder Herr über seine Erinnerungen werden.

„Ich will dir erzählen, was damals passierte und warum du dich nun hier im Krankenhaus befindest", fuhr ich fort und begann zu erzählen: „Nach unserem letzten Auftrag wurde ich von zwei Männern entführt, die es allerdings nicht auf mich, sondern auf dich angesehen hatten. Da sie deiner aber nicht so schnell habhaft werden konnten, hatten sie den perfiden Plan geschmiedet, mich zu entführen, um dich zu mir zu locken. Denn sie wussten um unsere Freundschaft und auch davon, dass wir füreinander einstehen würden, egal was auch passiert. Während du also alleine in unserem Hotelzimmer bliebst, haben mich die Kerle in eine einsam gelegene Hütte verfrachtet und mich dort eingesperrt. Sie müssen aber noch einmal zu unserem Zimmer zurückgefahren sein, um dort irgendwas zu kontrollieren, darüber hatten sie sich auch unterhalten, denn als sie zurückkamen, sah ich dich! Ich weiß, dass sie dich nicht gefangen hatten, sondern dass du dich in deren Auto versteckt hattest, um so zu mir zu kommen. Ich war glücklich, dich zu sehen, konnte mich aber dir gegenüber nicht äußern, denn diese Verbrecher traktierten mich immer wieder mit einem Elektroschocker. Immer wieder stießen sie ihn mir in die Rippen. Das Fell war an dieser Stelle schon ein wenig verkohlt. Nun ja, es war mir egal, denn ich wusste durch ihr Gerede, dass sie dich noch nicht entdeckt hatten. Aber ich wusste natürlich auch, wo du warst. Ich hatte nämlich gesehen, dass du dich hinter einer alten Kiste versteckt hattest. Ich ließ dir eine Botschaft zukommen, indem ich zu den Kerlen sagte: *Ihr könnt mich foltern, mich schlagen oder mich töten. Ich werde euch nicht sagen, wo mein Paul ist. Und wenn ihr mich heute tötet, werde ich endlich erlöst sein.*“

Ich musste eine kleine Pause machen, denn die Erinnerungen an diese schicksalhaften Momente kamen wieder in mir hoch. Als ich mich gefasst hatte, berichtete ich weiter, was aus meiner Sicht passiert war: „Plötzlich roch es in dieser ollen Hütte mächtig nach Schwefel und ich wusste sogleich, dass du dahintersteckst. Ich konnte gerade noch rufen: *Paul, nein, Paul, tu es nicht!* Doch ich konnte das Ganze nicht mehr beeinflussen. Dann spürte ich ein Beben unter mir, das stärker und stärker wurde. Und anschließend passierte das Unglaubliche – aus dir wurde der Leibhaftige, der Teufel selbst. Die Hörner spitz, der Schwanz gespalten, die Augen glühend rot. Aus deinem Mund trat Schwefel aus. Du nahmst mich hoch, doch dann wurden wir von diesen Männern angegriffen und du legtest mich gleich wieder auf den Boden. *Was habt ihr vor und warum jagt ihr uns seit Jahren hinterher?* Diese Frage wolltest du gerne beantwortet haben. Und dann brüllte einer dieser Typen – und das schockte mich doch sehr: *Wir brauchen keine Geschöpfe, wie ihr es seid, auf unsere Erde!* Danach ging alles ganz schnell. Die beiden griffen dich an. Zunächst sah es so aus, als würdest du die Oberhand gewinnen, doch als sie versuchten, dir zu entkommen, beleidigten sie dich wiederholt. Das konntest du nicht auf dir sitzen lassen. Du stürmtest hinter ihnen her und hattest es gerade geschafft, die beiden zu überwältigen ... tja, da kamen vier weitere Männer hinzu und haben dich so sehr geschlagen, dass du blutüberströmt zu Boden gingst. Ich selbst hatte mich in dieser Zeit verstecken, jedoch nicht eingreifen können, da ich noch immer gefesselt war. Offensichtlich wussten die vier Fremden nur von einem Gefangenen, deshalb sahen sie ihren Auftrag als erledigt an, als sie dich regungslos auf dem Boden liegen sahen."

Ich schaute Paul aufmerksam an, doch noch konnte ich nicht feststellen, ob er sich an das Ereignete erinnerte, also fuhr ich fort. „Die beiden, die mich entführt hatten, lagen tot am Boden. Denen hattest du wohl den Garaus bereitet. Und das dachten die vier anderen sicherlich auch von dir, denn sie hatten dich übel zugerichtet. *Der ist hin*, sagte einer von ihnen und dann verschwanden sie. Kaum dass sie die Tür hinter sich ins Schloss hatten fallen lassen, bin ich aus meinem Versteck gekrochen und zu dir hin gerobbt. Gott sei Dank konnte ich feststellen, dass du noch am Leben warst. Doch was sollte ich tun? Ich lag noch immer gefesselt neben dir, sodass meine Hände dir nicht helfen konnten. Ich habe mich dann auf meine besonderen Fähigkeiten konzentriert und versucht, gedanklich Kontakt zum Katzengott zu bekommen. Das fiel mir wirklich schwer, doch nach einiger Zeit gelangt es mir. Er war es dann, der die Rettungsaktion in die Wege geleitet hat. Ich wurde befreit und du schwer verletzt in dieses Krankenhaus gebracht."

„Das gibt es doch alles nicht", flüsterte Paul immer wieder. Er konnte offensichtlich noch immer nicht fassen, was ich ihm erzählt hatte.

Schließlich sah er mich an und blickte in die Runde. „Was ist dann passiert?“, wollte er wissen.

„Nun, das ist schnell erzählt“, sagte nun der Katzengott. „Du wurdest hier im Krankenhaus in ein künstliches Koma versetzt, damit deine schweren Verwundungen besser heilen konnten. Es sah lange Zeit nicht gut um dich aus, also habe ich zu Milli und den Kindern und auch zu deinem Vater Kontakt aufgenommen. Sie alle kamen sofort, um dir beizustehen. Dann wachtest du vor ein paar Tagen auf ... und wir sind immer noch hier.“

Paul drehte seinen Kopf ganz vorsichtig nach rechts und spürte, wie eine warme Hand ihn berührte.

„Wir sind so froh, Paul, dass du wieder ganz unter uns weilst. Ich habe dich all die Zeit so schmerzlich vermisst“, sagte Milli, die inzwischen auch an Pauls Bett getreten warn.

„Milli!“, rief Paul aus. „Da bist du ja endlich. Brummi und Pu haben dich so sehr vermisst!“

Milli schaute von einem zum anderen im Raum, denn sie verstand nicht, was hier gerade passierte. Dann sah sie ihren Mann mit einem liebevollen Blick an. „Paul, ich war nie weg von den Kindern ....“, sagte sie.

„Das kann nichts ein“, rief Paul nun aufgebracht, sodass ich ihn ein wenig besänftigen musste. Doch das verwirrte ihn in diesem Augenblick wohl nur noch mehr.

„Zaubermaus“, fügte er hinzu, „ich habe dich gesucht. Ich bin Don begegnet, der sagte, er hätte dich erst wenig vorher gesehen. Ich war mit Gibsi unterwegs, hatte die Begegnung mit einer Insel, einem Vulkan. Ich war in einer Höhle mit meinem Spiegelbild gefangen und konnte ein goldenes Schwert mein Eigen nennen. Ich weiß doch genau, was ich erlebt habe ... Ich bin doch nicht verrückt ...“

Paul geriet immer mehr in Panik und wir konnten uns keinen Reim darauf machen, also riefen wir wieder nach dem Arzt, der Paul ein Beruhigungsmittel gab. Als dieses wirkte, merkten wir, dass sich Pauls Atmung verlangsamte und sich sein Körper entspannte.

„Es ist möglich, dass Paul erst in ein paar Tagen wieder in die Realität findet", gab er uns mit auf den Weg, nachdem wir ihm erzählt hatten, was wir von Paul wussten. „Er hat viel durchgemacht und sein Körper und auch sein Geist sind noch nicht ganz gesund."

25

Es dauerte noch einige Zeit, bis Paul wieder ganz der Alte war. Und nach und nach kamen wir gemeinsam dahinter, was passiert war. Als Paul im Krankenhaus ins Koma versetzt worden war, war er in sich selbst gefangen gewesen. Er hatte zwar mitbekommen – irgendwie –, dass wir alle bei ihm waren, aber er konnte sich keinen Reim darauf machen. So war es seine Fantasie gewesen, die ihm einen Streich gespielt hatte. Er hatte die Sorge, die wir für ihn empfunden hatten, auf uns zurückprojiziert, indem er sich in seinem Kopf zusammengereimt hatte, dass ich, Zaubermaus, verschwunden sei und er mich suchen müsse. Als später dann auch Milli und die Kinder Tag und Nacht an seinem Bett verweilt hatten, hatte er instinktiv auch ihre Nähe gespürt und eine neue Geschichte in seinem Kopf zusammengesponnen. Nach und nach kamen immer mehr Personen hinzu, die er in seiner Fantasie Realität werden ließ.

Aber er hatte auch die Angst um sein eigenes Leben zu spüren bekommen. Ganz tief in sich drin hatte er gemerkt, dass er zwischen Leben und Tod schwebte. Das war mir sofort klar, als er von dem großen Tor berichtet hatte, durch das er in eine Art Zwischenwelt getreten war – eine Welt zwischen Leben und Tod. Das Tor, das ihm sein Vater mit dem goldenen Schlüssel geöffnet hatte. Als Paul in etwa eine Reihenfolge in seine Erlebnisse auf der Suche nach mir gebracht und mir davon berichtet hatte, konnte ich zeitlich in etwa ausmachen, wann er dieses Tor durchschritten hatte.

Und das war genau an dem Tag gewesen, an dem für einen kurzen Moment sein Herz stehen geblieben war. Nur das schnelle Eingreifen des Arztes hatte damals Schlimmeres verhindert. Und dank eines Defibrillators konnte Paul schließlich zurück ins Leben geholt werden.

Wir alle, seine Familie, seine Freunde hatten in dieser Zeit an seinem Bett ausgeharrt und für ihn Gebete gen Himmel geschickt. Nun aber waren wir froh, dass er wieder halbwegs gesund unter uns weilte und die schlimme Zeit hinter uns lang. Der Arzt hatte bereits Entwarnung gegeben – Paul würde keine bleibenden Beeinträchtigungen zurückbehalten. Das hatte uns alle sehr beruhigt.

„Du warst 196 Tage im Koma", sagte ich eines Tages zu ihm, als wir die Geschehnisse noch einmal hatten Revue passieren lassen. Das war wichtig für Paul, damit er sich wieder ganz in der Realität zurechtfinden konnte, denn manchmal brachte er noch Traum und Wirklichkeit durcheinander.

„Und ich dachte die ganze Zeit über, ich sei auf der Suche nach dir", lachte Paul. „Auf der Suche nach Zaubermaus ... Was es nicht alles so gibt!"

Paul schaute mich augenzwinkernd an. „Aber eines kannst du mir glauben, meine liebe Zaubermaus, die Suche nach dir war kein Zuckerschlecken. Ganz egal, ob das nun nur ein böser Traum oder vielleicht doch ein winzig kleines bisschen Wirklichkeit war. Das Einzige, was mich wirklich ärgert, ist, dass ich die ganze Zeit über gedacht hatte, deine Angreifer in der Hütte besiegt zu haben. Dass sie mich umgehauen haben, habe ich wirklich nicht begriffen."

„Ja, das ist ärgerlich. Aber wir können ja froh darüber sein, dass sich alles andere nur in deinem Kopf abgespielt hat und ich mich in den letzten Monaten so gut wie nie von deiner Seite wegbewegt habe." Ich stupste meinen Freund an.

Dann wurde ich mit einem Mal sehr ernst. „Ich bin froh, dass dies alles nur ein böser Traum war, lieber Paul", sagte ich. „Genauso froh bin ich nun darüber, zu wissen, dass du immer für mich da sein wirst, egal was mir auch passiert."

Ich zwinkerte ihm zu und dann lachte ich los: „Vielleicht sollte ich wirklich einmal für eine Zeit verschwinden ... und du suchst mich. Na, wie wär's, alter Haudegen? Ich hätte gerade nicht Besseres zu tun!"

Paul fiel in mein Lachen mit ein. „Unterstehe dich, mir je so einen Schreck einzujagen. Lass uns lieber mal was Schönes planen für die Zukunft."

„Oh, da habe ich schon eine Idee", antwortete ich. „Wie wäre es mit einer Reise um die Welt in 100 Tagen ..."

Und im Stillen dachte ich: „Das wird ein Heidenspaß, das verspreche ich schon heute!"

Der Autor

Ingo Schorler: Jahrgang 1967, schreibt seit einigen Jahren Geschichten über Zaubermaus. Er ist Schulhausmeister und arbeitet seit 1990 im öffentlichen Dienst.

Berlin 29.11.2021
Ingo Schorler

Unser Buchtipp

Ingo Schorler
Zaubermaus im Katzenhimmel
ISBN: 978-3-86196-755-2 - Band 1
Taschenbuch, 120 Seiten

Als Zaubermaus stirbt und in den Katzenhimmel kommt, ahnt sie noch nicht, dass hier alles andere als Harmonie und Freude herrscht. Denn der Katzenhimmel ist in Gefahr: Eine unbekannt, grauenvoll böse Macht versucht, das Reich des Katzengottes zu unterwerfen.

Zaubermaus und ihre neuen Freunde haben alle Hände voll zu tun, um sechs goldene Schlüssel zu finden. Eine magische Reise durch den Katzenhimmel beginnt und bringt so manches gefährliche Abenteuer mit sich.

Werden es die Freunde schaffen, das Schicksal zu wenden?

Unser Buchtipp

Ingo Schorler
Zaubermaus
Ein Katzenengel auf Erden
978-3-86196-840-5 - Band 2
Taschenbuch, 120 Seiten

Endlich ist es so weit! Das Abenteuer im Katzenhimmel ist glücklich zu Ende gegangen. Nun macht sich Zaubermaus auf dem Weg zur Erde, um hier vielen Menschen zu helfen, die in Not geraten sind. Diesen Auftrag hatte ihr der Katzengott höchstpersönlich gegeben.

Leider hatte er vergessen, ihr mitzuteilen, dass sie nicht nur als Katze, sondern auch in anderer Gestalt auftreten wird. Und das sorgt auf der Erde für mächtig viel Verwirrung ...

Unser Buchtipp

Ingo Schorler
Zaubermaus
Ein Katzenengel zurück auf Erden
ISBN: 978-3-86196-983-9 - Band 3
Taschenbuch, 120 Seiten

Im gleißenden Lichtstrahl des Katzengottes hatte Zaubermaus die Erde verlassen müssen, nachdem ihr Freund Paul Drago getötet hatte. Nun war Paul ganz alleine auf der Erde, um ihre gemeinsame Mission zu erfüllen.

Doch Paul scheitert kläglich und ist bald ganz unten, dabei gibt es auf der Erde noch jede Menge zu tun für den Katzenengel Zaubermaus und ihren Freund Paul. Ob der Katzengott ein Einsehen haben wird? Gibt er Zaubermaus eine zweite Chance? Und welche neuen Aufgaben werden die beiden Freunde wohl dann auf Erden erfüllen müssen?

Vorschau

Ingo Schorler
Mit Zaubermaus in 100 Tagen um die Welt
ISBN: 978-3-96074-481-8 - Band 5
Taschenbuch, 120 Seiten

Endlich hatten sich Paul und Zaubermaus wiedergefunden und waren mehr als glücklich. Doch wer die beiden kennt, weiß, dass es für sie keinen Stillstand gibt. Und so brechen sie bald zu einer ganz besonderen Reise aus – in 100 Tagen um die Welt. Dass sie in dieser Zeit so einiges erleben, das ist gewiss ...